Sonezakishinju

小説で読む名作戯曲

曽根崎心中

近松門左

澤はゆま

Chikamatsu Monzaemon

光文社
Kobunsha

一　観音廻り

元禄《げんろく》十六年四月六日（一七〇三年五月二十二日）、生玉神社《いくたまじんじゃ》の参道《さんどう》に駕籠《かご》が一台止まった。

「おおきに」

出てきた娘は、年の頃十八、九。髪を小粋《こいき》な勝山髷《かつやままげ》に結《ゆ》い、小袖《こそで》は桜を散らした友禅《ゆうぜん》、振袖《ふりそで》を紅《くれない》の袖べりで飾り、足元は素足《すあし》に重《かさ》ね草履《ぞうり》。

細身ながら、胸と腰はよく実《みの》り、指で押せば甘い蜜が滴《したた》り落ちそう。面立《おもだ》ちは若衆《わかしゅ》っぽく、あごは尖《とが》り、切れ長の目はよく光った。それが、娘の美しさを引きしめ、初花のように清らなものにしていた。

娘は手《て》ずから、全身玉のような汗を浮かせた駕籠かきに、酒手《さかて》（心づけ）を与えた。

「坂を降りたり、登ったり、ご苦労さん、しばらくここでだんさんとおばちゃん待つから、あんさんらは酒でも飲んで休んどいておくれやす」

「へぇ、おおきに」

駕籠かきの、彼女を見る目は、観音様《かんのんさま》を崇《あが》めるそれになっていた。

「姐《ねえ》さん」

付添《つきそ》いのかむろ（遊女見習い中の、幼い女の子）が笠《かさ》を渡《わた》そうとする。それを娘は煙《けむり》でも払うように、

「あぁ、暑苦しい。いらん、いらんわ」

「お初姐《はつねえ》さん、日焼けしたらお父さん、お母さんに怒られますえ」

「お天道《てんと》さんも男神《おがみ》（男の神様）や、遠慮してそんな意地悪せんやろ」

お初と呼ばれた娘はそう言って笑った。

かむろは仕方なく、自分でその笠をかぶると、

「しょうこともない。ほんま、姐さんは子どもみたいな人や」

「あほ、自分かて子どものくせに」

打つ手真似《てまね》をした後、また笑った。初夏の光に、美しい歯並《はな》みが、透き通るようだった。

かむろは谷町筋《たにまちすじ》の方を見やって、

「だんさんと、遣り手《やりて》（遊廓で遊女を監督した女性）のおばちゃん、なかなかきいひんなぁ。まだ、四天王寺《してんのうじ》で休んでるんやろか」

「ふん」

お初は鼻を鳴らした。

「自分から三十三か所観音廻《かんのんめぐ》りしよう言い出したくせに情けない。これやから年寄りは嫌いや。さっきお参りした金台寺《きんだいじ》で二十八。これから、坂降りて、道頓堀《どうとんぼり》渡って、三津寺《みつでら》から御霊《みたま》まで五つも社《やしろ》を巡らないかんのやで。何や朝は『お初、今日は観音さんだけやないで。天満屋《てんまや》に帰ってからも、たっぷり可愛《かわい》がって、足腰たたんようにしてやる』言うてたのに、あほらし、おのれが足腰たたんようになってるやないか」

「姐さん、きつい。そんなややから京者《きょうもの》のくせに口が悪い言われるんやで」

「この気質《きしつ》で十四の頃から売ってきたんや。何の文句《もんく》言われる筋があるかい」

「せやけど、大枚《たいまい》はたいて身請《みう》けしてやる言うてくれる、お大尽《だいじん》はん（お金持ち）でっしゃろ。姐さんも、まだ十九、もう十九。店にとっても、願ってもない話やで。大事にせな」

身請けという言葉に、お初は一瞬泣きそうな顔をしたが、すぐつるを引き締め直すと、

「一息ついたら追いかけてくるはずや。巡礼からは外れるけど、わてらは、生玉《いくたま》さんで暇をつぶさせてもらお」

そう言って参道を歩き始めた。

生玉神社は、大坂芸能発祥の地で、道頓堀と並び大坂一、二の盛《さか》り場《ば》だ。

急坂の沿道には、軽口《かるくち》（かけことばなどをきかせたことば遊び）、足芸《あしげい》（足だけで行う曲芸）、講釈《こうしやく》（講談）、こま廻し……あちらで力持ちが臼《うす》に子どもを五人乗せたのをひょいと持ち上げたかと思えば、こちらでは手妻師《てじなし》が両手でもんだ和紙をひよこに変えている。

放下師《ほうかし》（大道芸人の一種）が長い棒の先で皿を廻し、大きな傘鉾《かさぼこ》を先頭に踊子《おどりこ》たちが住《すみ》吉踊《よしおど》り（大坂の住吉大社の御田植神事《おたうえしんじ》で踊られる踊り）を舞っていた。

「姐さん」

かむろがお初の袖を引いた。指差した先にあったのは竹田《たけだ》からくりと呼ばれるのぞき

からくりだった。幟《のぼり》には「曽我《そが》兄弟の敵討《かたきう》ち」と記され、大きな木組みの箱の後ろで、大人が二人、棒をがちゃがちゃやっていた。

「しょうこともない。誰が子どもやって」

お初はそう仕返しをした後、小遣い銭を渡してやった。

「うちは本殿にお参りしてくるわ。おばちゃんとだんさんが追いついてきたら、蓮池《はすいけ》側《そば》の茶屋で待つよう言っておくんやで」

「あい」

かむろは、一目散にからくりへ走っていった。

幼いとはいえ廓《くるわ》の者である。お初はこれでやっと、店から離れることができた気がした。

「あぁ、清々《せいせい》したわ」

そう伸びをした拍子《ひょうし》に、振袖にすきができた。そこから舞い込んだいたずらな五月《さつき》風《かぜ》が、娘の生命の強《したた》かさを確かめながら、右から左へ吹き通る。

「ふふ」

風の心地よさにお初は一人ほほえんだ。

心配なことも、憂《う》きこともいくらでもあったが、それでも、自分は若く、健康なようだった。

初夏の日差しの下、生玉の参道は華やぎ、活気に満ちている。

色も模様もさまざまに林のように群がり立つのぼりの珍しさ、聞こえてくる囃子《はやし》・太《たい》鼓《こ》の楽しさ。鼻をくすぐる、出店の焼き餅《もち》、てんぷらの匂い。

歩きなれぬ足もついはやり、裳裾《もすそ》（着物のすそ）と胸元が乱れた。陽光に肌の白さがはじけて、人々の好奇の視線をそそる。お初は顔を赤らめ、はだけた襟《えり》を慌ててうち掻《か》き合わせた。

「三十三に御身《おんみ》を変へ、色で導き、情《なさ》けで教へ、恋を菩提《ぼだい》の橋となし」

ふと聞こえてきたのは、娘姿の人形を操る人形遣いの声だった。ちょうど、大坂三十三か所のご利益《りやく》をうたっている。人形の娘はお初と同じ年くらい、大時代《おおじだい》な（古い時代を思わせるような）小袖に内袴《うちばかま》を着《つ》け、巫女《みこ》のようにも、絵巻物で見た義経《よしつね》に付き従う静御前《しずかごぜん》のようにも見えた。

「渡して、救ふ観世音、誓《ちか》ひは妙にありがたし」

この汚れた世で、観音様は三十三体に御姿《おすがた》を変え、色で導き、情けで教え、恋を菩提の橋にして、衆生を救ってくださるという。

本当だろうか。

恋という言葉だけで、もうお初の胸は熱くなる。あの人、徳兵衛《とくべえ》様と、恋の架け橋を渡って、彼岸《ひがん》に行くことができたら、どんなにいいだろうか。

謡《うた》の内容は、生玉社の縁起とご利益に変わっていたが、お初は娘の人形に目が離せず、しばらくその場にたたずんでいた。

大坂にはここしかないという、豪奢《ごうしゃ》な屋根が幾重《いくえ》にも重なる八棟造りの本殿《ほんでん》は、実際に目にすると釣り合いを無視して、ただただ大きく派手なだけで、胸を動かすものはあまりなかった。

「こんなもんか」

お初は少しがっかりして、引き返そうとした。しかし、参拝を終えた人々は、誰も引き返さずに、本殿の裏手の森へと進んでいく。

「なんやろう」

細見《ほそみ》（ガイド）を持っているものが多い。どうも、知る人ぞ知る名所があるらしい。

「どれどれ」

娘らしい物見高さで、付いていってみると、意外と樹影の濃い森だった。木漏れ日が、肌にまだらに影を投げかけている。葉叢《はむら》に濾《こ》されて、空気も清々《すがすが》しいようだった。

どこを見ても、どこに行っても人跡《じんせき》から逃れることの出来ない大坂の街にあって、珍しく上町《うえまち》は緑濃い台地だった。

お初はうれしくて、弾むような足取りで樟《くす》の老木の、銀杏《いちょう》の木の、松の巨木の、木々の間を進んだ。

そして森を抜けると、急に視界が開けた。

「はぁ」

思わず声が出た。

溢れそうな光のなか、視界一杯に難波《なにわ》の街が広がっていた。

そこは、上町台地の急崖《きゅうがい》に張り出すように作られた舞台だった。

縁側から蟻《あり》の行列を見下ろすように、道行く人々が見える。街の向こうには、行き交う小さな白い蝶《ちょう》のような帆船《はんせん》、そのはるか彼方《かなた》に六甲《ろっこう》の山、果ては淡路島《あわじしま》まで一望《いちぼう》できた。

「大昔、この上町にはイクシマいう巫女はんがおりましてな。今、みなはんが見下ろしてる街も、もともとは、難波八十島《なんばやそじま》いうて、陸なんか海なんか見分けがつかん州《す》だったんですわ。そんな、産湯《うぶゆ》にチャプチャプつかっとる赤子みたいな、島の赤ちゃんが立派に育ってくれるよう、毎日祈ってたんがイクシマ御巫《みかんなぎ》。そいで、そのイクシマ御巫が舞って祈っとった場所、それが多分この舞台なんだす」

茶人帽《ちゃじんぼう》（和歌・俳句・茶道などの先生がかぶる帽子）をかぶり、左手に帳面《ちょうめん》、右手に筆を持った物知りらしい老人が、声を張り上げて旅の者たちに神社の由緒《ゆいしょ》を説いている。

お初は、老人の説明を聞きながら、改めて難波の街を見下ろす。

十四の頃から、ありとあらゆる辛酸《しんさん》をなめてきた街だった。しかし、かつての陸とも海ともしれない、おぼろげな、クラゲのように頼りない、かつての姿を思い浮かべると、よくここまで育ったと、何やら愛おしくなるようだった。

（あの人の住んでいるところはどこやろう）

頭をめぐらし、大坂城を確認して、方向の見当をつけたあと、舞台をちょこちょこ、右へ左へ歩き回る。恋する者のそそっかしさで、ときおり旅人の足を踏んづけ、苦情を言われているのだが、お初はまったく気づかない。

見かねて、先ほどの老人が、

「どこをお探しで？」

と声をかけてきた。

「へぇ、内本町《うちほんまち》だす」

老人はお初よりも小柄で、顔も童子《どうじ》のようにあどけない。

「それはちと難しい。内本町はここと同じ台地に乗っとるからね。強《し》いていえば、あの辺になりますわ」

筆で大坂城の方角を指し示した。生玉の森が邪魔になって何も見えない。

「なんや、つまらん。やったら、三津寺《みつでら》はどこです？　今、三十三か所巡りの最中《さいちゅう》でんねん」

「それは」

北東の方角を指し示した。

「手前に煙がのぼってるところがありますやろ。あれが千日前《せんにちまえ》の火屋《ひや》（火葬場）。そこから、道が北に伸びて道頓堀。たくさんかかっとる橋は、東から、大和橋《やまとばし》、日本橋、新中橋、太座衛門橋《たざえもんばし》、戎橋《えびすばし》。どの橋でも渡った先が島之内《しまのうち》。三津寺やったら渡るんは、戎橋がええね。橋のたもとに大きなのぼりが立っとるやろ？　あれが有名な竹本座《たけもとざ》（有名な人形浄瑠璃《じょうるり》小屋）。暇があったら、人形浄瑠璃ものぞいてきたらええ。竹本義太夫《ぎだゆう》の浄瑠璃、近松門左衛門《ちかまつもんざえもん》の本、辰松八郎兵衛《たつまつはちろべえ》の人形、今、大坂で一番の座や」

喋《しゃべ》りが手馴《てな》れている。お初は感心した。

「はぁ、お爺《じい》さん、よう知ってはるな」

もともと京都にいたお初は、大坂の地理にうとい。客から地名を教えてもらっても、風に飛ぶ木端《こっぱ》のように、すぐ頭から消えてしまう。それが、こうして街を見下ろしながら案内してもらうと、脈絡がよくつながった。やっと、大坂の街が自分に身近なものになったように感じた。

お初の素直な褒《ほ》め言葉に、老人は顔をくしゃくしゃくしゃにしてはにかんだ。

「隠居《いんきょ》して暇でね。手すさびに、晴れた日はここに来て、絵を描くようにしてますねん。そしたら、街の移り変わりがよう分かって詳《くわ》しゅうなりました。はばかりながら、仁徳《にんとく》天皇が難波の民草《たみくさ》の炊煙《すいえん》（炊事をする煙）をご覧になったのと、同じ景色を見て下界のことを案じとるわけですわ」

「ええ趣味やなぁ」

「へへ、旅の者におせっかいで案内してやると、時々お小遣いくれはる人もいるさかいね。実益も兼ねとります。いや、太夫から欲しいいうわけやないよ」

「ほほ、驚かさんといて。それに太夫て」

お初は笑った。太夫といえば、幕府に公式に許可された遊郭で、大名や公家《くげ》だけを相手にする最上位の遊女《ゆうじょ》のことである。

「そんなたいそうなもんとはちゃいます。つまらん岡場所のおやまだす」

岡場所は公認されていない色町、おやまはそこで働く、いわばもぐりの遊女を指した。

「へぇ、わてはまた、新町《しんまち》か島原《しまばら》の太夫かと思った」

「まぁ、確かに元は島原で働いてましたけどな。売られて流れて、今は堂島新地《どうじましんち》だす」

「島原から流れてきたんやったらあの夕霧《ゆうぎり》太夫《たゆう》と同じでんな。ほなやっぱり、太夫と呼ばせてもらいまひょ。それに、堂島いうたら、米市場も出来て、今、日本国で一番金が落ちてる場所やないか。岡場所が、みんなおかみのお墨付《すみつ》きもろた遊郭に劣るいうわけやない。わても元は商人やからね。今が盛りの地で働いてるんは何であれうらやましい。槍《やり》で天下取れたのが元亀天正《げんきてんしょう》なら、元禄は銭で天下取れる時代。太夫も精出して、金持ちつかまえんとあきまへんで」

「そんな年甲斐《としがい》もなくはしゃがんといて。ほら、まだ三十三あるうちの二十九。続きも教えてくださいな」

「はいはい」

お初に乗せられて、老人も興《きょう》に乗ってきた。節回しをつけながら、

「三津寺の次は目を西へ、北から南へ流れているのが西横堀《にしよこぼり》。その川沿いをつつっと北へ、長堀《ながほり》にぶつかったらば、上繋橋《うえつなはし》、下繋橋《したつなはし》、炭屋《すみや》橋、吉野屋橋の四ツ橋《よつはし》だ。炭屋橋、上繋橋と川の辻《つじ》を渡って新町遊郭。ぬばたまの黒髪、傾城町《けいせいまち》を通り過ぎたらば、じじいとばばあの白髪《しらが》町、ここにあるのが二十九番、大福院《だいふくいん》。この辺りは、木挽《こび》き歌（木をのこで引きながら歌う歌）の絶えない材木町や」

老人はわざわざ木挽き歌を歌ってくれた。

「どーと、せーあー、セー、よーいさー、セー、あれこれ、よんやさーえー」

なかなかの美声で、舞台の上で地図を持って観光していた旅の者が、一斉にほめそやしたほどだった。

「へへ。若い頃は材木を商って、あそこで働いていたこともあるんだす。日本中から材木が集まるところやからね。紀伊《きい》（現在の和歌山県と三重県の南部）、土佐《とさ》（現在の高知県）、安芸《あき》（現在の広島県西部）、九州は豊後《ぶんご》（現在の大分県）からもやって来るで」

豊後と聞いて、お初は苦い顔になった。何とかお初を身請けしようとしつこいお大尽の、脂ぎった顔を思い出したのだ。

身請けについては、お大尽だけでなく、廓の主人もおかみさんも乗り気で、今回の観音巡りもお初の気持ちを解《と》きほぐそうと、客と店が結託して企《たく》んだことだった。

しかし、新町のおひざ元のような場所から、わざわざ遠い新地にまで通ってくるお大尽の執心を考えれば、ありがたいような怖いような気もしてくる。

老人は唇《くちびる》を湿《しめ》し、先をつづける。

「さぁ、新町を西から東に串刺しにしたらば、新町橋。南船場《みなみせんば》は、夢を覚《さ》まさんばくろうの稲荷《いなり》神社。博労町《ばくろうまち》は花簪《はなかんざし》、鼈甲《べっこう》、元結《もっとい》、色と芝居の小間物街、いい人と行くならちゃんとねだらなあきまへん。備後《びんご》、安土《あづち》と北に進んで、ピーチク・パーチクの鳥屋町。南本町、本町は絹に木綿《もめん》、油に鉄の堅い商売、問屋街。そして、ついたはとどのつまり、夢にもあわじの淡路町《あわじちょう》、ここにあるのが観音巡りの三十三番、仏神水波の験とて、甍《いらか》ならべし新御霊《あらみたま》だ」

「わぁ」

思わず拍手した。

「なんや、もう三十三か所、みんな廻ったような気になってしもた。おおきに、物知りのおじいちゃん」

「いえいえ、お粗末《そまつ》さんやったね。どれ、蛇足《だそく》か騎虎《きこ》の勢いか知らんが、折角《せっかく》やから太夫のおる堂島新地まで案内しようか。御霊神社からまっすぐ北へ、淀屋橋《よどやばし》を渡った先が中之島。蔵屋敷（大名が作った倉庫をかねた屋敷）がびっしり並んでるやろ。目立つところだけでも、加賀金沢《かがかなざわ》、安芸広島《あきひろしま》、伊予今治《いよいまばり》、肥後宇土《ひごうと》。北陸から九州まで、天下の富がたったあれっぽっちの島に、ぎっしり詰まっとる。なぁ太夫、こんなおもろい街、他にあるか？」

「そうやねぇ」

お初は、十四歳までいた京都を思い出していた。美しい街だった。客も礼儀正しい者が多く、遊び方もきれいだった。でも、あそこは毎日毎日、起きることは決まっていたように思う。いわば、足を止めてしまった街だった。でも、大坂は違う。ここでは、皆が立って走っている。

「確かに日《ひ》の本《もと》一おもろい街かもしれんねぇ」

そう口に出して言ってみると、胸にずっとつかえていたことが、うそのように片付いた。豊後なんて、誰が行ってやるもんか。つまらん田舎で錦《にしき》（さまざまな色の糸や金銀の糸を使った高価な織物）着るより、都会でぼろ着てのたれ死ぬほうが、なんぼかましに決まっとる。うちは死んでもこの街を離れん。あの人がいる、この大坂の街に骨を埋《うず》めるんや。

「あぁ、よく晴れとるから、蛸《たこ》の松（現在も残る、蛸が泳ぐ姿に似た大きな松）も見えるねぇ。ほら、あの松の側《そば》の田蓑橋《たみのばし》を渡れば、太夫もよう知る堂島や。大坂の街も、堂島の先の蜆川《しじみがわ》でやっと終《しま》い。せやけど、堂島にも米市場ができるわ、中之島からあぶれた蔵屋敷が立つわで、手狭《てぜま》になってるそうやさかい、ひょっとしたら、蜆川を渡って曽《そ》根崎《ねざき》にも手が入るかもしれんね。ほんま、人の欲は計《はか》り知れん。業《ごう》の深いことやで」

「そしたら新地もなくなるんかなぁ」

お初は手をかざして、おのれが働く街を見つめながら言った。

「かもしれんねぇ。でも、堂島や中之島で働く男衆の遊び場は絶対にいるはずや。せやから、曽根崎にまんま移るんとちゃうかな」

「ところてんみたいに押し出されるんか」

それも面倒だなとお初は思った。まだ十九、もう十九。島原に売られたときはまだ右も左も分からぬ幼さだったが、十四で堂島に来たときは、老舗《しにせ》の遊郭で仕込まれたことを生かして、新興《しんこう》の色町を盛り上げてやろうと、それなりの気概はあった。しかし、色町ではそろそろ年増《としま》と言われる年齢である。今さら新しい土地に移るのは億劫《おっくう》なだけで、何の張り合いも持てそうになかった。

そんなお初の胸中を知ってか知らずか、老人がふと話題を変えた。

「せやけど、最近の若い男の子は可哀想《かわいそう》やねぇ」

「可哀想て、何で？」

「いや、うちらが若いときは、もう何しても金になったからね。建物どころか、まず土地から作ろういう時代やろ？　人が動く、物が動く、金が動く。何しても商売になった。それこそ、その辺の土を俵《たわら》に詰めて、築地《つきじ》に持っていくだけで、銭になったんや。皆、瑞賢《ずいけん》か常安《じょうあん》になれると思えた時代やった」

「瑞賢と常安て？」

お初が首をかしげると、

「あぁ、太夫は知らんか。どっちもちょっと昔の豪商や。河村瑞賢に淀屋《よどや》常安。常安はんはな、中之島を築いて、淀屋を興《おこ》したお人や。さっき話した淀屋橋をかけたんは、この人の子孫なんやで。瑞賢はんはもっと大きい。東廻《ひがしまわり》海運、西廻《にしまわり》海運を開いて、日本を北から南まで海の道で結んでしもうた。それだけやないで、大坂でもごっつい仕事をした。淀川を治め、九条島《くじょうしま》を切り開いて、安治川《あじがわ》ちゅう新しい川を一つ作ったんや。そんで、出来た土砂を積み上げて自分の名前をつけた、瑞賢山いう山までこさえた。そんな風にえらい人が、一所懸命、汗かいて築き上げたんが、この街なんや。今見てる風景なんや。わしの働きかて、そりゃ瑞賢と常安に比べたら『駿河《するが》の富士と一里塚』(とても違いすぎて比べものにならないことのたとえ)やけど、この景色のどっかに残ってるはずや」

童顔の老人が、鼻の穴をふくらませた。老人は、瑞賢や常安のいた時代を、古武士が英雄に付き従い戦場を駆けた日々を懐かしむように、思い出しているのかもしれない。しかし、すぐに表情を寂しげに改めると、

「それが、今は、街がちゃんとした形になったんはええけど、わてらが若いときのよ

うな活気はのうなったな。出世も番頭《ばんとう》が精々《せいぜい》。常安みたいに、ただの葦《よし》の生えた州《す》から一つの街作ってそこの主になるなんて、夢のまた夢や」

老人が肩を落とすと、お初も切なくなった。

「そうなんか」

うちと一緒なんかな、そう心のなかでひとりごつ。

まだ十九、もう十九。

今が盛りに見える大坂の街も、内実は（実際のところは）少女から物憂《ものう》い大人へ、すでに老いと堕落《だらく》がはじまっているのだろうか。

「潮目《しおめ》が変わったんやな」

老人は話をつづける。

「昔は、ずっと上げ潮よ。みんなで力を合わせて壁を押していけばよかった。でも今は、もう壁は動かん。決まった箱んなかで自分の取り分増やそう思ったら、誰かのもん奪わなあかん。隣のやつの懐《ふところ》に手突っ込もういうやつもでてくる。せやから最近の若い子は、何か張りつめた余裕のない顔をしたのが多いですやろ？」

思い当たる節《ふし》がないわけでもない。

客の若い商人たちは、皆、表向きは豪気《ごうき》を装っても、内実は小心で、自分の力量と先行きに自信が持てないようだった。

それに仲間同士、連れだって来ても、ふとした拍子に、互いの猜疑《さいぎ》と嫉妬《しっと》が露《あら》わになった。そんなとき男たちは、お初もやりきれないような、血ぶくれした醜《みにく》い顔をするのだった。

でも、ともお初は思った。

肩組み合ってよく天満屋にやって来る、あの徳兵衛《とくべえ》と九平次《くへいじ》は違うと思った。

色白で目鼻がちまちましてて、まげを結ってなかったら女の子みたいに見える徳兵衛と、赤ら顔にがっしりとした顎《あご》、屏風《びょうぶ》のような広い背中を持つ九平次は、好対照な組み合わせで、廓《くるわ》でも評判だった。

気が小さく、恥ずかしがりやで、女郎からからかわれても言い返せないことの多い徳

兵衛に対し、九平次は外見同様、内面も豪放《ごうほう》で、時に女郎以上に場を盛り上げようと剽軽《ひょうきん》をするので、

「九平次はんがいると場持ちして楽やわ」

と女たちからも人気だった。そして、徳兵衛のことを弟のように可愛がり、商売についても、また遊びについても手取り足取り教えているので、徳兵衛も九平次のことを信頼して、兄のように慕《した》っていた。その仲睦《なかむつ》まじさは、はたで見ているお初が思わず焼きもちを焼いてしまうほどだった。

「わしは幸せやったのかもしれんね。阿呆《あほ》でへまばっかりしとったのに、暖簾《のれん》分けてもろうて、自分の店持てて。でも、時代は変わった。元禄もいつまで続くやろ。今は若い者同士が、狂犬みたいに食らいつき合う時代や。剣呑《けんのん》、剣呑（あぶない、あぶない）。太夫も気いつけや。男同士いがみあってる間になんか、絶対入ったらいかんで……」

二　出茶屋

老人と別れ、蓮池前の茶屋に行ってみると、屋根付きの縁台に、かむろが一人座っていた。遣り手婆《ばあ》も、お大尽もいない。

「おばさんと旦《だん》さんはどないしたん？　まだ四天王寺でへたばってるんかい？」

「いいえ、追いついてきましてん。やけど、旦さんが大道芸珍しがってね。物まね見て来るいうてまたどっか行ってしまいましたわ」

「しょうことないのう。このままやと、三十三か所廻りきれんで」

お初は、店の者に甘茶を頼んだあと、

「ほれ、あんたもまだもの足りんのやろ。わてはここで待ってるから、行ってき。おばさんたちに会ったら、はよう戻ってくるよう言うんやで」

遊び盛りのかむろのためでもあったが、お初自身、めったに味わえない自由をもう少し楽しみたかった。

かむろを去らせてから、甘茶をすすりながら、ぼんやり参道を行き交う人々を眺めていると、一人の編み笠をかぶった優男《やさおとこ》が、丁稚《でっち》（職人や商人の家に奉公している小僧）

を引きつれて歩いているのが見えた。

胸が高鳴った。

柳《やなぎ》のような黒髪を櫛《くし》でなでつけ、着物は越後《えちご》縮《ちぢみ》の帷子《かたびら》、小紋《こもん》ちりめんを涼しく羽織り、足には鋲《びょう》打ちの雪駄《せった》。陽の光がそこにだけ差しているかのように見えた。笠をかぶっていても、見違えるはずがない。夢にまで見た、徳兵衛だった。

お初は思わず立ち上がり、

「徳様。徳様ではありませぬか」

と声をかけた。

男もたちまち気づいたようだった。編み笠を親指で押し上げると、目まぜでお初にうなずいた。そして、かたわらの丁稚に向かって、

「長蔵《ちょうぞう》、お前は先に寺町の久本寺様、長久寺様、上町のお武家方の屋敷を回って家へ帰っとけ。徳兵衛もすぐに戻ると伝えるんやで。安土町の染物屋で掛け（かけ売りの代金）を取るのも忘れんようにな。そうそう、道頓堀には寄ったらあかんで」

醤油樽を負《お》ぶった丁稚が谷町筋に消えた後、徳兵衛はすだれを巻き上げた。

「お初やないか。こんなところで何してるんや？」

と編み笠を脱ごうとするのを、

「あぁ、そのまま。今日は田舎の客相手で、三十三番の観音廻り中どす。しょうこともない年寄りで、物まね見に行かはった。おばちゃんもかむろもおるし、戻ってきたら面倒や。笠はかぶっていなはれ」

それで徳兵衛は笠を深くかぶったまま、お初の隣に座った。

お初は廓の癖で、徳兵衛の懐《ふところ》から、煙草《たばこ》入れをすっと抜き出しながら、

「ねぇ、この頃は梨《なし》のつぶてで何の音さたもなしやね」

そう水を向けた。

「ほんま、気がかりでねぇ。でも、どんな事情があるかもわからへんから、便《たよ》りも出来ん」

煙管《きせる》に煙草の葉を詰めながら、お初は上目遣いに徳兵衛をにらんだ。

「さては心移りかと、あんたが時々寄り道しとった丹波屋にも行ったで、おかるやっけ、綺麗な子やな」

煙草盆の炭で火をつけると、自分も一服喫《の》んだあと、つばきに濡れた吸い口を、徳兵衛にくわえさせる。

「せやけど、おかるもとんと訪《おとず》れがないって。それで、ほれ按摩《あんま》によう来てくれる、目が見えん座頭《ざとう》の大市《おおいち》に銭やって、友達衆にたずねさせたら、田舎へ帰ったいうやおまへんか。うち、そんなこと全然信じる気になれへん。なぁ、うちがどうなろうとも気にならへんのか？　お前様はそれで済むかもしれへんけど、うちは病気になるわいの。嘘やと思うんなら、ほれ、この胸の苦しみ確かめてみたらよろし」

お初は徳兵衛の手を取ると、広袖《ひろそで》の内にいざなった。

それまで、ただ黙ってなじられていた徳兵衛が、はじめて慌てた。

「人の目があるで。戻ってきたら、面倒ちゃうかったんか」

引き抜こうとしたその手を、お初は着物の上からそっと押さえた。案外に大きな手が、お初の乳房《ちぶさ》をすっぽり覆う。たちまち閨《ねや》（寝室）の記憶がよみがえって、へその下が我ながらはしたないほど、あつくなった。

徳兵衛が天満屋《てんまや》にやって来たのは、九平次に連れられてのことだった。船場《せんば》の油屋で働く九平次は、骨柄《こつがら》がふてぶてしく、鍾馗様《しょうきさま》（疫病神を追い払う魔よけの神）のようにいかつい。その横で、羽織と袴《はかま》をきちんと着けてちんまり座った徳兵衛は、お稚児《ちご》さんのようだった。

（可愛い）

とお初は思った。

いや、思っただけではない。思わず口に出してしまい、九平次に笑われ、徳兵衛からも恨《うら》めしげににらまれた。

「九平次はん、お稚児遊びでもはじめたんかいな？」

お初と並んで座についたお絹がそうからかった。お絹は太り肉《じし》だが、快活でおしゃべりな娘で、九平次のお気に入りだった。他にもう一人、面立ちは地味で無口だが、閨のことは抜群のため客が離れない、お梅という娘が侍《はべ》っていた。

九平次はもう何度も天満屋にやって来ていたが、連れてくるのはたいてい彼と同種の、よく言えば精気に満ちた、悪く言えば脂ぎった男ばかりだった。それが、色白で水際立った優男《やさおとこ》を連れてきたので、女たちははしゃいだ。

「あほう、商売仲間や。もう二十も過ぎてるいうのに、酒も女も満足に知らんでな。これも学問や思うて連れてきたんや。驚くな。この坊はな、内本町の醬油屋平野屋の跡取り、徳兵衛様や」

「まぁ」

お絹とお梅が歓声をあげた。大坂に住むもので、平野屋の紋を見たことがないものはない。上は清水《きよみず》の浮瀬亭から、下は担《にな》い屋台のうどん屋まで、たいていの店屋には「平」の紋の入った醬油徳利が置いてある。

常連になってくれれば太い客だし、もし身請けなどということになれば、大変な玉の輿《こし》である。

お絹などはもう「徳様、徳様」とその腕にからみつこうとしている。

徳兵衛は色めきたつ女たちにたじろぎつつ、

「跡取りて、まだ決まったわけやない。今はしょうこともない手代（番頭と丁稚の間）や」

「せやけど、お前は旦那の甥《おい》やないか。旦那に息子はおらん。将来は決まったようなもんや」

「別に何も決まっとらんわ」

そう言うと、徳兵衛は怒ったように杯《さかずき》を取り上げ一気にあおった。が、やはり飲みなれていないのだろう、むせて激しくせき込んだ。

「あらあら、ほれ、これでお口をぬぐいなされ」

と言って手ぬぐいを差し出したのが、お初だった。

「おおきに」

徳兵衛は言われた通りにして、それから、お初の顔を見上げた。まぶしそうに目を細めたあと、ぽっと顔を赤らめた。はにかみ屋のため、それまでお初を含めた女郎たちの顔を、誰ひとりまともに見ることが出来なかったのだ。

「おおきに」

徳兵衛はもう一度繰り返したあと、照れくさそうに笑った。笑窪《えくぼ》が頬に一つポッッとできる。あどけない、可愛い、可哀想な微笑《ほほえ》み。お初はその豊かな頬にかじりついてやりたくなった。

振り返ればもうこの時から、二人の間に、二人にしか聞こえぬ、二人だけの歌が流れ始めていたのかもしれない。

もともと九平次は酒席で太鼓持ちのように頑張るほうだが、その日はやけに張り切っていた。三味線を取り上げて浄瑠璃をうなったり、生玉の寄席《よせ》で仕入れたばかりという、滑稽話《こっけいばなし》で有名な彦八の話を披露したりした。

「おっ、何やひな祭りみたいやないか」

そうからかってくることもあったが、騒ぐ九平次たちをよそにお初と徳兵衛だけは、違う世界の者のように、しんしんと飲み交わしている。

徳兵衛との間の垣根を取り払いたかったお初は、九平次の茶々《ちゃちゃ》に乗った。

「せや、お似合いやろ。ほれ、こんなして。もう手を握ったりも出来るねんで」

急に手を取られて徳兵衛はへどもどする。九平次は大笑いした。

「もうそんなに馴染んだか。徳兵衛も隅におけんやっちゃ」

お初は徳兵衛の手をさらにもてあそびながら、

「はぁ、徳様の手は綺麗な手やなぁ。男さんの手じゃないみたい。やらかくておいしそうな手や」

「あれ、お初姐《ねえ》さんだけずるいわ。うちらにも触らせてーや」

お絹とお梅が取り上げようとするのをかわしつつ、

「いやや、これはうちの手や。誰にも渡さんえ」

女たちは徳兵衛の手を巡って、彼のまわりを、河内音頭《かわちおんど》のようにぐるぐる回る。

九平次はお絹とお梅の襟首をつかんで、引きはがしながら言った。

「何や、徳兵衛ばっかり。わいの手かて捨てたもんやないで。遠里小野《おりおの》（住吉の油の産地）の菜種畑で菜種を絞ってきた手や。日焼けして硬いやろ。住吉さんの高灯籠《たかとうろう》で船の行く手を照らしてきたんは、わいの油や」

「そら、固くて情のない絞《し》め木やったら、九平次はんの手がお似合いや。せやけど、わてらおなごは柔らかければ情もある。なでられるんやったら、徳様のほうがええ」

お絹がそう言い返したかと思えば、

「うにゃ、うちはきゅうきゅう締められるとしても、徳様の手のほうがええわ」

と、お梅がオチをつけたもので一同大笑いになった。

あまりに女たちが徳兵衛ばかり贔屓《ひいき》にするので、九平次も一瞬興ざめた顔になったがすぐ苦笑いに変えると、

「初会《しょかい》でこんなに慕われて、お前は本性からの粋男《いきおとこ》やな」

徳兵衛の薄い背中をたたき、そうどやした。

物心ついてからずっと廓のうちで過ごしてきたお初にとって、男というのはただただ愚《おろ》かしい存在だった。

臭くて醜く、女の上にどうやってのしかかろうか、それしか考えていない化け物だった。

初めてのときも無残なもので、相手は町奉行の同心《どうしん》（与力の下についた下級の役人）だったが、いたわりのかけらもなく、お初の純潔《じゅんけつ》は散々に踏みにじられた。

酒席でも笑顔は浮かべたが、能のお面で、一度も心を許したことはなかった。

しかしその晩は、本当にお腹の底から笑うことができたように思う。

夜も更《ふ》けたころ、九平次は、酒に強い彼がそう酩酊《めいてい》するはずはないのだが、「酔った、酔った」と言いながら、お絹とお梅に抱えられて別室に消えて行った。去り際、お初に向かって意味深な目まぜをしたが、深い心遣いがあったのだろう。

九平次がいなくなると、徳兵衛は夜道に一人残された子どものような、途方に暮れた顔をした。

お初はその表情を見ておかしくなった。クスとちょっと笑ったあと、衣擦《きぬず》れの音と共に身を寄せ、

「わての部屋へ行きまひょ」

とささやいた。

それが徳兵衛の初めてだった。

最初、彼の「男」は弱々しく、お初は湿った木に火をつけるように、ずいぶん骨を折らなくてはならなかった。しかし、一度燃え上がると、お初も唖然《あぜん》としたほど、その勢いは壮《さか》んなものになった。

「早う、早う」

とお初はせがんだ。

宴も半ばから、子宮は密《ひそ》かに泣いていて、もう準備はすっかりできていたのだ。気をやらぬは女郎のたしなみというが、お初は我を忘れた。悩乱《のうらん》した。

苦悶《くもん》のなかに甘美が、悦楽のなかに切なさがあった。

お初は天高く舞い上げられたかと思えば、地の底深く突き落とされた。

何度も死ぬと思った瞬間があった。

そして、最後にひときわ大きな潮が迫ってきたかと思うと、お初は何もかも分からなくなった。


喜びの波跡を幾重《いくえ》にも残した布団の上で、お初と徳兵衛は夜明けまで寝物語した。

徳兵衛は、思う存分泣きはらした、子どもの素直さだった。

「実の親の顔はほとんど覚えとらん」

徳兵衛はお初の乳房をいじりながら言った。

「まだ幼いころに、流行《はや》り病で死によったからな。それで、親戚やった今の母様に拾われたんや」

母様という響きにどこか乾いたものがあった。継母《ままはは》のため遠慮があるのかもしれない。幼い頃、大人に思う存分甘えることが出来なかった。それが、まわりに守ってやりたいと自然に思わせる、徳兵衛の魅力の元になっているのかもしれない。

「今の奉公先は、実父の弟で叔父や。せやけど、血がつながっとるからといって甘やかす人やない。ぼーとしてたら、すぐ手が飛んでくる。十で丁稚にあがった頃から、大豆の仕入れ、麴《こうじ》、しょうゆの仕込み、得意の挨拶、帳面の付け方、しょうゆの商いに関することなら、何でも厳しく仕込まれた。でも、おかげで十六で手代になれたんや」

そう言いながら、徳兵衛は首を伸ばして煙管《きせる》をくわえた。何気ない所作だが、男になったばかりの初々しい、背伸びした気取りがほの見える。

「同じくらいに丁稚にあがったもんのなかで一番はやかったんやで。でも、誰も七光りとは言わんかった」

「ふうん、えらいんやねぇ」

「何や、生返事やな。つまらんか」

「ううん、そんなんやおへん」

お初はほとんど物心ついたころから、廓という特殊な世界で生きている。だから、男という生き物がとにかく自慢が好きなこと、そして、その自慢話を感心して聞く女が好きだということを知っていた。

喧嘩が強い、頭がよい、人気がある、野っぱらか路地で遊び仲間と組打ちしながら誰が一番か争ったことを、一生引きずるのが男さんという生き物だ。

女郎の本当の売り物は性ではない。女は、男を慰め、傷ついた自信を癒《いや》してやらなくてはならないのだ。

しかし、徳兵衛が求めているものは他の男とは違うようだった。

徳兵衛はもっと深いところで傷ついているように思えた。

その傷から響いて来る震《ふる》えが、お初の体の芯をゆっくり揺さぶっていた。

「もっと話して」

お初は顔を徳兵衛の胸に埋めた。

「商売の話か？」

「そんなんやない、本当にあんたが好きなこと、楽しかったことの話や」

「本当に……」

と言って、徳兵衛は茫然《ぼうぜん》としたようだった。きっと奉公にあがってから、いや両親を失ってから、一度も考えたことがなかったのに違いない。

「もう眠いんとちゃうか？」

ごまかすように聞いてくる。

「あんたの声を聞きながら寝たいんや。子どもの頃、ほら、大人の話をうつらうつら聞きながら眠りに落ちるみたいに……」

「子どもの頃か」

と言いながら、徳兵衛は遠い目をした。灯りにぼんやり照らし出される顔は、大人の男というにはあまりに綺麗で、痛々しいようだった。

「そういえば、顔も覚えとらん両親やけど、若菜摘《わかなつ》みか何かで、どこぞの小川へ連れてってもらった記憶がある。川沿いの柔らかい草の上、俺ははだしやった。裸に前掛けだけ。はは、不格好なものをプラプラさせてな。小川は大人やったら歩いて渡れる程度のもんやったけど、俺は春の日にあたってキラキラ光る様子や、手足をつけると冷やっこいのが面白くての。いつまでも、浅いところでちゃぷちゃぷやっとった。父様も母様もはよう土手の上とか、若菜がいっぱい生えてるところに行きたかったはずやが、俺が心行くまで遊べるよう、辛抱強く待ってくれとった。そのうち、俺は子どもの気まぐれで、川の向こう岸に行きたいと言いだした。きっと、あちら側の川原でレンゲや菜の花が咲き乱れる光景に、子どもなりに心惹《ひ》かれるものがあったんやと思う。父様と母様は困った風に顔を見合わせたが、俺の両手を握って持ち上げると、『それ』とじゃぶじゃぶ水音を立てながら渡してくれた。そしたら、今度はあんよの間から見える水面の景色がまた気に入ってな。せっかく向こう岸についたのに、もう一度元の場所に渡してと両親にせがんだ。二人はあきれた風に笑ったよ。でも、また言う通りにしてくれた。そして、岸につくと、また『渡して、渡して』。何度も何度も、しょうこともなく同じことをせがむ俺の言うことを、父様と母様は聞いてくれた。何度も何度も、俺の両手を右と左から握って……」


言葉につまった徳兵衛へ、お初は手を伸ばした。

涙を一滴掬《すく》い取ると、紅《べに》でもさすように自分の眦《まなじり》になすりつけた。

「これが、ほんまのもらい泣きやね」

そして、徳兵衛の胸にのし上がって唇を吸うと、

「あんたのことが好きになった」

と言ったのだった。


それから、徳兵衛は天満屋に通ってくれるようになった。

といっても、せいぜいが月に二回か一回だったが、手代の懐《ふところ》を考えれば、ずいぶん

無理をしてのことだったと思う。

徳兵衛と九平次が銀を出し合い、お初とお絹を一日買い切って、外に連れ出してくれたこともあった。

確か、徳兵衛が天満屋に来るようになった次の年の春、五月五日のことだった。

「どこか芝居小屋でも連れて行ってくれるんやろか？　道頓堀とか」

「うち、あんまり歩くのは嫌やから、天満がええなぁ。天神様《てんじん》にお参りしたいわ」

そうお絹とは話していたのだが、意外なことに連れて行かれたのは、堂島から蜆川を渡った先の梅田《うめだ》だった。

埋田《うめだ》とも書くと言う。その名の通り、湿田《しつでん》が多い上に、あまり手入れされていない墓地の広がる淋しい場所である。

「何や、こんなとこ」

お絹などはすっかりむくれてしまった。

「まぁ、そういわんと、こっちや」

しかし、九平次と徳兵衛は梅田橋の先の、北へ続く道をどんどん先に行ってしまう。この辺りは、大坂の市街と比べても一段と土地が低いのだろう。一足ごとに草履《ぞうり》がずぶっと沈み込むようだ。

「嫌やわ、足袋《たび》が汚れるやないの」

お絹は道中ずっと文句を言っていたが、

「ええやないの。うちは在《ざい》が田舎やから、こっちのほうが落ち着くわ」

そう言ってお初は歩きながら伸びをした。まだ青味が淡い春の空を背景に、これまた茫洋《ぼうよう》とした春の雲が流れている。鼻をくすぐるのは、街の匂いとは違う、柔らかい野原の匂い。

「もうすぐやで、この堤《つつみ》をのぼるんや」

九平次がそう励ます。道といっても葦《あし》を分けただけの粗末なものだったが、それが、かつて川が流れていた名残だろうか、長々と横たわる低い土手に行き当たっていた。

九平次の言葉に従い、堤を上っていくと、人の声、しかも大勢の声が土手のあちら側からすることに気付いた。それに、獣臭《けものくさ》い匂いもする。

（何だろう）

不思議に思いつつ、頂上につくと、

「………」

思わず、息を呑んだ。

北の中津川まで一面、レンゲの絨毯《じゅうたん》。小さな水たまりと、大きな沼が点在し、それが春の光に映《は》えて、ちりばめられた鏡のようだった。

「あれ、牛が一杯おる。皆、可愛いなぁ」

お絹の機嫌もなおっていた。

野原のそちこちに牛が放牧されていて、春の柔い草を美味《おい》しそうに食《は》んでいる。おかしいのが、彼らの格好で、角《つの》に紅白の布を巻き、頭の上はショウブ、ボタンの花、背には美しい敷物をかけ、その華やかさはまるで花嫁衣裳のようだった。

土手の斜面では、宴会がはじまっていた。

むしろを敷き、弁当を使ったり酒を飲んだり……大変な賑《にぎ》わいだったが、皆、よく日に焼け、表情もどこかのんびりしている。難波の町人ではなく、郊外から来た百姓のようだった。

「牛駆けいうねん」

そう言いながら、九平次は徳兵衛と二人でむしろを敷いた。

「まぁ、お座り」

お初たちを座らせたあと、

「端午《たんご》の節句の日にな、近在の百姓が集まって、飼牛を放牧してやるんや。一年、働いてくれた恩返しやな。ああやって野原に放《はな》って、一日中、好きなだけ野草を食べさせてやるんやと」

「ええなぁ」

お初は春風に乱れた髪を直しつつ、

「うちも田舎は百姓やったんよ。牛も飼ってたわ。力持ちでうんと働いてくれた。うちらもこんなして労《ねぎら》ってやればよかったなぁ」

「本当やな」

徳兵衛も遠い目をした。両親と過ごした故郷のことを思い出しているのかもしれない。

「うちも奈良で田畑耕しとったよ。こんな感じの景色やったな」

お絹の言葉に、全員に杯をまわしていた九平次が笑った。

「俺の在所（故郷）ももとは河内で、泥田《どろた》をこねくりまわしとった。何や、皆、元をたどれば百姓かい」

「ほんまやな」

そう皆で大笑いしたあと、四人で杯を交わし合った。

春の日よりと酒でだいぶん場も温まったころ、

「けど、しょうがないわ。急に大坂の街が膨れ上がったんやから」

と、徳兵衛が先の話を蒸し返した。

「川を埋め、海を埋め、どんどん街が広がっていく。その分、人を集めないかんし、集めただけまた土地を作らないかん。俺らが遊んでる堂島だって、ちょっと前までは川か海の底やったんやろ。それが今は、綺羅星《きらぼし》のような大名様の蔵屋敷がびっしり並んどるんや。いつか、うちらがこうして話しとる梅田にも、デッカイ街ができるのかもしれん」

お初とお絹は笑った。

「えらい難しいこと言って。昼の酒は酔い方が違うん？」

しかし、九平次も難しい顔をして、遠く東の方を見やりながら、

「おぼろげにしか見えへんけど、うんと昔、あの大坂城があるところへんに、都《みやこ》が置かれとった時代もあるんやろ。高津宮《こうつぐう》いうて、ほれ、仁徳天皇はんが炊煙が上がるんを見て、民草の生活を慮《おもんぱか》ってくれはった宮殿や」

九平次の目線を追うと、東のかなたに上町の台地が見えた。こんもりと緑に覆《おお》われ、その色は、難波の街がたてる煙と埃《ほこり》の向こうでもなお確かな色合いだった。しかし、大坂城はかすんでおぼろげである。

「でも今はおおかた、城の埋め草。どこにあったんかも分からん。はは、こっちで新しい街ができたと思ったら、あっちでは都が丸ごと捨てられとるわけか。でも、そのことに誰も気づかず走っとる。新しい街かていつかは弊履《へいり》みたく捨てられるんやろ。はぁ、こんな馬鹿騒ぎいつまで続くんやろな」

もう、お初もお絹も笑わなかった。一様に神妙な顔をして目の前の景色を眺めている。

「よう見たら、ここにもお墓があるんやね」

ぽつりとお初が言った。

牛たちが幸せそうに食《は》む野原のそちこちに、うち捨てられた墓石が見えた。描かれた墓碑《ぼひ》ももう朽《く》ちて読めず、苔むした部分を牛になめられている。

「そうや。もともと、この辺りは行基《ぎょうき》様以来の墓地やったらしいからな。しかも、大坂の陣の後、徳川はんが復興のために、天満から移してきた墓もくわわっとるそうや。城の外は堀で固めるけど、街の外を固めるんは墓いうことやな」

九平次がそういうと、珍しく徳兵衛が皮肉を言った。

「何や、元亀天正《げんきてんしょう》の頃は領分広げるんは鎧甲冑《よろいかっちゅう》のお侍《さむらい》さんの仕事やったのに、平和になったらしゃれこうべの仕事になるんか」

お初も息をあわせる。

「あら、北の端の堂島はうちら女郎の持ち分やで。やったら、今の時代は、一番鎗《やり》の役目はカラカラ乾いた骸骨だけやなくて、うちら柔肌《やわはだ》持った女郎もそうやないの」

お絹がさらに混ぜ返す。

「それを言うんやったら、南の端の道頓堀は、人形浄瑠璃に歌舞伎の芝居町やで」

「そうやな。ようは、うちらの街の堀と石垣は死、色、そして嘘ちゅうことや」

九平次が綺麗にオチをつけたので、皆、大笑いになった。

しかし、やがて徳兵衛はため息をつくと、「死か」とぽつりと言った。

「お釈迦様がおっしゃってたらしい、何も持たん、執着もない、これこそがほかならぬ砂州《さす》（二つの海岸からのびた土地に砂が運ばれてたまった場所）やと。そして、それを涅槃《ねはん》と呼ぶ。老いも死もそこで消える。やとしたら、俺ら砂州の上に生きとるもんは、皆幽霊いうことかいな」

内容もさることながら、その声音《こわね》に真に迫ったものがあって皆ぎょっとした。

慌ててお初が徳兵衛の背中を叩く。

「何や、小難しい話ばっかり。そうや、うちらはもうとっくに極楽に来てるお化けや。やったら、パッと飲んだらええやないの。ほら、飲も、飲も、ね」

そうして、皆について回ってやっているとき、ふと東のほう、蜆川沿いに鬱蒼《うっそう》とした森があるのが目に入った。

それは、いつも夜に、廓の二階から見ている森だった。いや正確には、家の灯火《ともしび》や道行く人の提灯《ちょうちん》など、どこを見ても必ず人の痕跡が目に入る大坂の街にあって、そこだけは何も見えない闇だった。いぎたなく（見苦しく）眠る客を布団に置き捨てたまま、お初はその闇をじっと、何刻も眺めたものだった。そこには、何か心休まるものがあった。清らかな暗闇と沈黙があった。人、人、人でひしめく大坂の街にあって、そこは手つかずの最後の処女地だった。

「お初ちゃん、何や……の森が珍しいんか？」

風のいたずらで、……の部分が、うまく聞き取れなかった。

「うん、何？　あの森って名前あるん？」

名前があることを少し残念に思った。あの森は名前すらないほど、人の手から遠い場所でいてほしかったのだ。

「あぁ、あん森の名前はな」

九平次は言った。

「曽根崎の森や」

三　徳兵衛の憂き苦労

「お初」

徳兵衛の声にはっとなった。気づくと、茶店の席で、徳兵衛の胸に顔を埋めていた。

「何や、しなだれかかったと思ったら、急に眠りだして」

ほんの数瞬、考え事をしていただけのつもりだったが、徳兵衛には寝ていたように見えたようだ。いや、実際に白昼夢《はくちゅうむ》を見ていたのか。

「朝もはよから歩いてたから、疲れたんやわ」

徳兵衛の手の平はまだ自分の乳房を覆っている。徳兵衛は一度、乳首を指でくすぐってやったあと、懐から引き抜いた。

「うちの胸のつかえ、分かった?」

「そう責めんといてくれ。お前の言うことは道理(正しい)。だが、この間からの俺の苦労は、盆と正月、十夜にお祓《はら》い、煤掃《すすは》きが一辺に来たときよりもなおひどい。お金のこともあるし、もう何が何やら無茶苦茶や」

徳兵衛の声は涙に震えていた。

「どないしたん？　そんな泣いたりして。何があったか話して」

だが、話はなかなか本筋にいかない。

「京へものぼったんや。継母《ままはは》ともかけおうた。おお、俺はできるだけのことをした。ようも徳兵衛が命は続いたもんや。これを続き狂言にしたら、ふん、さぞかし観客の涙を誘うことやろ」

「もう、どないしたん」

じれったくて、お初も涙声になった。

「冗談なんか言うてる場合？　どうしてうちに本当のことを言わんの？　店に来んかったのはなんぞ理由があるんやろ？　隠さんで打ち明けてくださいな」

「あぁ、そう泣かんでくれ。恨まんでくれ。隠したわけではないが、言っても仕方のないことと思うたんや。でも、だいたい片はついた。一部始終を聞いてくれ」

徳兵衛はそういうと、涙を拭いて語り始めた。

「俺の旦那が店の主人ではあるが、実の叔父でもあることは知っとるな。甘やかされた覚えはないが、ちゃんと目にはかけてくれている。それもこれも、俺が油断なく奉公し、びた一文たりとも銭勘定を誤ったことがないからや。この間、袷《あわせ》（裏に布をつけた服）を作ろうと思って、堺筋で加賀絹一疋《ぴき》（巻きつけた織物約二十メートル分）、叔父の名義で掛け買いしたんが生涯でただ一度のこと。それかて、着替え売って帳尻合わしたら、誰に迷惑をかけるわけでもない。だが、その正直が裏目に出た。旦那から、おかみさんの姪《めい》に持参金二貫（金一両の二分の一）をつけて夫婦にしようという相談を持ち掛けられたんや」

夫婦。

お初は総身《そうみ》に冷や水を浴びたような心地になった。

跡取り候補という徳兵衛の立場は承知していたが、それが主人の親類筋との結婚という形を取るであろうことには、考えれば当然のことながら、今の今まで思い当たらなかった。

「それで、それで、どないしたん？」

すると、徳兵衛は顔をキリッと改めて、

「お前という者がおるのに、どうして心移りするものか」

しかし、すぐまた情けなさそうな顔に戻ると、

「どんなに話を持ち掛けられても相手にせんでいたら、旦那もそのうち話を持ち出さんようになった。それで、安心していたら、なんと敵もさるもの、搦《から》め手（相手の目の行き届かないところ）から来た。在所の継母にこっそり二貫目を握らせ、俺の頭越しにうんと言わせてしまっとったんや」

「まぁ」

旦那の執念もさることながら、子の本心も聞かず、大金に目がくらんで勝手に結婚を引き受けた継母の酷薄《こくはく》さにもお初は唖然とした。

「継母のことを持ち出されて、祝言《しゅうげん》を無理強いされたのが先月よ。俺もむっとしてな。言ってやったんや。いや、それは通らぬでしょう、旦那様。私が承知しておらんのを、老母をたらしこんで飲み込ませるとは、あんまりななされよう。おかみさんも聞こえま

せぬ。今まで様《さま》に様を付け、崇《あが》めてきた娘ごに、銀までつけてもらって頂戴しては、一生女房のご機嫌取りに暮らさんではならなくなる。それで、この徳兵衛の男がたつものか。いやでござる。いやでござる。死んだ親父が生き返って、従えと言ってきたとしても、いやでござる」

気の弱い徳兵衛がよくもここまで言い切ったと、お初は驚くやらうれしいやらだったが、一方で、彼の将来を案じもした。先の老人の話ではないが、今は番頭になるのだって難しいご時世。それが、旦那筋の娘を持参金付きで娶《めと》った上に、大坂一の醬油屋、平野屋の跡取りになるのだ。願ってもない話ではないか。

(徳様のお情けは涙が出るほどうれしいけど、道理を教え諭して、うちから身を引いたほうがええんとちゃうやろか)

そんなお初の気持ちを知ってか知らずか、徳兵衛はますます激した感じで言葉を続ける。

「すると、親方も立腹なされてな。『言うたな、徳兵衛。俺は本当のことを知っとるぞ。

蜆川の天満屋の初とやらと腐り合っておるから、嬶《かかあ》（妻）の姪を嫌うのじゃろう。よいよい、お前などに娘はやらぬ。だが、やらぬ以上は金を返せ。四月七日までにじゃ。商売の勘定もきっちりけじめをつけておくのやぞ。ふん、女郎風情に将来を振ったな。たたき出して、もう大坂の地は二度と踏ませぬ』」

そういった後、徳兵衛はぶるっと身震いした。しかし、顔だけは不敵を装ってニヤリと笑いながら、

「そう怒鳴られて、俺も男の意地よ。『おお、かしこまった』と言ってやった」

「あれ」

お初は小さく悲鳴をあげた。「女郎風情に将来を振ったな」という旦那の言葉がつらかった。その通りだ。自分のせいで徳兵衛は人生を台無しにしてしまったのかもしれない。

「その足で国へ走ってな。また、この母という人が、この世があの世へ返っても、握った銀は決して放そうとせんおなごや。京の五条の醤油問屋とは常々取引しているさか

い、これを頼みに上っても、折悪《おりあ》しく銀がない。引き返してもう一度いなかへ行き、里の者、皆に拝んで口利きしてもらって、やっと母から銀を受け取った。あとはこの銀を叔父に返し、勘定もすませたら、さらりとらちがあくことはあく。けど、もう大坂にはとうていおられまい。はは、身はしゃれ貝の蜆川、川底の水屑《みくず》とならばなれ。ただ、お前と離れることだけがつらい」

そう言って徳兵衛はむせび泣いた。

お初ももらい泣きして、

「それは大変なご苦労やったな。皆うちのためと思うたらうれしい、悲しい、かたじけない。やけど、気をしっかり持たな。大坂を追い出されても、何も盗みや火付けをしたわけやない。徳様の身一つくらい、うちの心がけ次第でどうとでもなる。それでも、どうにもならんくて、会うに会えんようになったそのときは……」

ふいにお初の胸の内に、「死」という言葉が一片《ひとひら》、春風に誘われた花びらのように舞い込んだ。

「死」

それは甘美な匂いを振り撒きながら、くるくる、くるくる、舞い降りて来る。

「……会うに会えんようになったそのときは、この世ばかりの話やない。そうした例が無いわけでもなし。死ぬるをたかの死出《しで》の山。三途《さんず》の川やったら、堰《せ》く（流れを止める）人も堰かれる人もおらへんわ」

それがどれほど踏み込んだ言葉であったか知ってか知らずか、徳兵衛はお初の胸に顔をうずめて泣いた。お初はその頭をなでてやりながら、

「七日というたら明日のこと。早う戻して親方様の、機嫌を取らしゃんせ」

すると徳兵衛は胸から顔をあげて、

「おお、そう思って気が急くが、あの油屋の九平次がな、先月の末、たった一日どうしても金がいる、三日の朝には返すからと、一命かけて頼んできた。どうせ七日までは要らぬ金。お前もよく知るように九平次とは兄弟同士の仲。日頃の友情を思うて時貸《ときが》し（一時的に金を貸すこと）に貸してやった」

「お金渡してしもうたん？　九平次さんやったら、そりゃ間違いはないやろけど……」

と言いつつ、お初は不安だった。切羽《せっぱ》詰まった状況で、いくら親友とはいえ、そんな大金をやすやすと他人に委《ゆだ》ねるお人よしさが歯がゆい。

しかし、徳兵衛はほとんどのんびりした口調で、

「三日過ぎても音沙汰なく、昨日こちらから家を訪ねてみたら、留守で会えもせんかった。今朝、訪ねてみようと思ったが、明日を限りに俺の顔の取引先との始末も皆つけんといかん。それで得意廻りで打ち過ぎてしもうた。まぁ、晩には行ってもらち明けようと思う。九平次も難波の街で男磨く奴。俺がどれほど困ってるかも知っておる。まさか、裏切ることはあるまい。そう心配するな、なぁ、お初」

実の叔父の旦那、育ての親である継母。身近な人に立て続けに裏切られておきながら、親友とはいえ、いまだ簡単に人を信頼する徳兵衛のあどけなさに、お初はむかっ腹が立ってきた。

しかし、一言言ってやろうとするその前に、耳障《みみざわ》りな小唄に邪魔された。

「初瀬も遠し、難波寺、名所《などころ》多き鐘《かね》の声、尽きぬや法《のり》の声ならん、山寺の春の夕暮来て見れば」

どうも、どこかで一杯やったらしい男衆が、騒がしくわめき立てながらこちらへやって来るようだ。

(嫌やな、さっさと行き過ぎてんか)

そう思っていると、かたわらの徳兵衛がぽかんと口を開けた。

「九平次」

目線を追うと、確かに男衆の先頭は九平次だった。参道をずんずん大股で進んでいるが、(おや)とお初が思ったほど、今日の彼は人変わりして見えた。普段はそう深酒《ふかざけ》する男でもないのに、足元はふらふらとおぼつかなく、顔も酒焼けで真っ赤にただれている。

「あはは、愉快、愉快じゃ、のうお町衆」

彼は、借金のことなどすっかり忘れたように、仲間とたわむれながら、高歌放吟《ほうぎん》(ぶえんりょに歌うこと）していた。

徳兵衛はむっとした様子で、縁台から飛び出すと、

「おい九平次、下手な謡《うた》などやめぃ。俺へ不義理して遊びどころではないやろう。さぁ、きっちり今日中にらち明けよう」

そう手を取って引き留めた。

すると九平次は徳兵衛の顔を、まるで石ころが喋ったもののように見ていたが、やがて苦笑しながら編み笠を取ると、

「何のことや、徳兵衛。お前とは友達じゃが、冗談も時による。この方々は町内の衆。上塩町へ伊勢講《いせこう》（伊勢参りのために旅費を積み立て、くじ引きで参詣人を決める組合）に行って帰るところじゃ、酒もちと入って、皆気が荒い。利き腕取って怪我すなよ」

そう凄《すご》んできた。

しかし、徳兵衛も負けてはいない。

「いや、この徳兵衛、冗談は言わん。先月の二十八日、銀子二貫目を時貸しにして、

この三日期限で貸した金、それを返せと……」

その言葉も終わらぬうちに、九平次は大口開けて笑い出した。

「ケェー、ケェー」

と、夜に森深くで鳴く怪鳥《かいちょう》のような笑い声。

九平次の高笑いといって、彼の豪快な笑い声は廓で有名だった。しかし、今日のはいつもの窓を開け放つような爽快さがなく、ただただ不気味で不吉だった。

「気でも違《ちご》うたんか、徳兵衛。お前とはもう数年の付き合いになるが、一銭たりとも借りた覚えはない。ぶしつけなことを言って後悔すなよ」

激しい勢いで振り放すと連れの衆が、すわ揉《も》め事《ごと》かと、編み笠をはらりと脱ぐ。

徳兵衛も気色《けしき》ばんで、

「言うな、言うな九平次。晦日《みそか》のたった一日、たった一日、銀が用立てられぬせいで身の破滅やと、泣きついたんは誰や。この通り拝むと、俺に向かって手を合わせたんは誰や。日頃の友情も、この時のためと思い、男ずくで貸したんやぞ。難波の商人は信が命。掛けの売買も手を打ったら終《しま》いじゃ、手形もいらんと言うたのに、念のためじゃというて俺に証文書かせ、お前が捺《お》した判も、ほれこの通り、しっかりあるやないか」

「へぇ」

九平次はどろんとした目を徳兵衛に向け、

「おもろい。その判いうのを見せてみぃ」

「おお見せてやる」

懐の鼻紙入れから取り出すと、徳兵衛はそれを町の衆にも見えるように広げた。

「お町衆も御覧あれ。九平次の判は見覚えがあるはず。おい、九平次、これでも争うか」

しかし九平次は、気味の悪い笑みを顔中、染みのように広げると、

「はは、徳兵衛、土を喰《く》らって死ぬとしても、こないなことはせぬものじゃ。その印判は先月の二十五日に、鼻紙袋と一緒に落としてしもうたものじゃ。ほうぼうに貼り紙して訪ねたが見つからん。せやからこのお町の衆へも断り、印判を替えたんや。のう、

「そうですな、お町衆」

九平次が後ろを見返ると、お町衆も「そうそう」「確かに我らはその届を受け取った」とうなずいた。

九平次はかさにかかって攻めかかる。

「おい、徳兵衛、二十五日に落した判、どうやって二十八日に捺す？　さてはお前が拾《ひろ》うたな。そして、手形を書いて、勝手に判を捺したんやろ。おお、コワ、人を揺《ゆ》すって銀取ろうとは……偽判より大罪人。えぇっ、徳兵衛、こんなことするより、いっそのこと盗みでもせい。お上に突き出して首を斬らせるも当然やが、こんな奴でも、今の今まで友達と思うてきた。見逃してやるから、どこへなりと失せろ」

そして、手形を地べたに叩きつけると、何度も何度も踏みつけて見せた。

「こんなもん、こんなもん、銀になるならしてみせい」

徳兵衛の顔からみるみる血の気が引いていく。お初も思わず縁台《えんだい》でよろめいた。

「えぇ、たばかったな（だましたな）、九平次」

声は絶叫に近かった。

「一杯食うたが無念や。じゃが、ここまでたくまれたら、白洲へ出ても俺が負け。やったら腕前で取って見しょう。俺も平野屋の徳兵衛じゃ。お前みたいに友達をはめる男とちゃう。さぁ来い」

と、つかみかかる。

「小癪《こしゃく》な丁稚上がりが、投げてくりょう」

九平次も胸倉つかんで受けて立つ。

二人は、殴り合い、捩《よじ》り合い、叩き合い、まったく二匹の狂犬のように、凄惨に争った。

九平次と徳兵衛では、背丈は同じくらいでも体の厚みがまったく違う。本来勝負になるはずはないのだが、徳兵衛の涙まじりの自棄《じき》（やけ）な攻撃に、九平次もたじろいで押され気味になっていた。

「お町衆、正しいのはどちらかご存じのはず。ご加勢あれ」

九平次がそう頼むと、お町衆は、

「合点《がてん》した」

と腕まくりしながら、二人のほうへ近づいていく。

「あれあれ、どないしよう」

お初は裸足で、辺りをおろおろとさまよい、野次馬に助けを求めた。

「あれ皆様頼みます。うちが知ったお人じゃ、誰か止めて。駕籠《かご》の衆、駕籠の衆はおらんか。あれは徳様じゃ」

果たして駕籠の衆が群衆をかき分けてやって来たが、豊後のお大尽、おばちゃんやかむろも一緒だった。

お大尽は騒ぎを見て仰天し、

「怪我があってはえらいこと」

と、お初を無理無体に駕籠のなかに押し込めてしまう。

「いやや、待って。徳様が、徳様が。あぁ、ひどい」

もう走り出した駕籠から身を乗り出すと、町の衆の加勢が加わり、喧嘩《けんか》は、一方的な暴行になっていた。徳兵衛はもう殴られるやら、突き飛ばされるやら、蓮池の縁《ふち》まで追い立てられ、終いには頭を抱えてうずくまった。そこを、蹴鞠《けまり》のようにして、九平次が蹴り上げる。

「何よ、ひきょうもん。多勢で一人相手に！」

そう絶叫したが、無情な駕籠かきは、お初を乗せて一目散、風のように谷町筋を駆け下ってしまったのだった。

四　蓮池

おのれ九平次、畜生《ちくしょう》め。きっと、このままでは済ますまい。
大の大人が犬ころのように突き転ばされ、引きずり回され……最後の挨拶回りやから
と気ばった衣装が、上から下まで台無しや。
どこへ行きよった、どこへ行きよった。
もはや九平次だけやない、加勢しよった町の衆も許さん。
せやけど、気ばかりたぎって、体は何や泥のようや。
はぁ、どっこいしょ。立っていることもかなわん。しばらく、このままで休ませても
らお。
おぉ、参詣の方々が心配顔で見ておる。
何れの手前も面目《めんぼく》ない。
ご迷惑おかけ申した。
ああまでたくらまれては、もはやどう言い訳しようと詮無《せんな》いことやが、ひかれ者の小
唄を聞いてくだされ。

俺とあの九平次は、子どものときからの付き合い。

丁稚上がりめとののしりよったが、何の、あいつも元は丁稚。

俺はしょうゆ、あやつは油。いずれも一番の得意先は料理屋。

二人とも、先輩のしっぽでそちこちの店を出入りするうち、顔を覚え、やがて親しく話すようになった。

聞けば、生まれは同じ己未《きび》（干支《えと》の一つ）。年もともに十三やったが、九平次はあの通りの勝気な性格。自然、あいつが兄、俺が弟というようなことになった。

しゃらくさい兄貴風に片腹痛い（笑止である）こともあったが、面倒みがよいのは間違いない。

俺が丁稚仲間からいじめられたときは助けてくれたし、粗相して先輩から折檻《せっかん》（体罰）受けたときはあいつも殴られながら謝ってくれたこともあった。

いつかのれん分けして、自分の名の入った店を持とう。

娑婆《しゃば》の理不尽に涙したあと、決まって語るのはそんな夢でござった。

晩熟の俺に比べれば、九平次は何事も早熟で、もう十四のときには夜鷹《よたか》（街頭で客引きをする売春婦）を買っていた。

女だけやない。

酒、賭け事、何でもあいつは一番槍をつけた。

そして、難波やら寺町やらの路地裏で丁稚仲間を集めると、ああじゃった、こうじゃったと、まぁちょっとした冒険譚《たん》を話してくれたものやった。

あいつを介して見たり聞いたりする大人の世界は、怪しいは怪しいが、ずいぶん魅力的やった。

正直に言うと、女のことが一番うらやましかった。

やつはよく言ったものじゃ。

女は柔《やわ》い、と。

しかし、柔いといってもどう柔いのか、体験したことがなければ、とんと分からん。

ただ、想像だけがつのっていく。

自分が抱いたら、腕のなかで女が体をどうくねらせるのか、どんな声音《こわね》で鳴くのか、何より我がまたぐらの悪魔は、どれほど喜ぶのか。

あいつの下《しも》がかった話のあった夜は、そんなことを考えながら、決まってせんずりしたもんやった。

遊びが上手なもんは、出世もはやい。

あいつは俺の次に手代にあがった。

俺の家の商いは堅い店相手ばっかりやったが、あいつは新町でも堂島でも道頓堀でもどんどん行った。

しょうゆと違って、油はあかりにも使われる。

そして、この世に色町ほどあかりが必要なところはないやろう。

夕霧で有名な「吉田屋」も、俺の油が照らしとるんや、というのがあいつの一つ話やった（吉田屋の太夫・夕霧は、「廓文章」という演目で歌舞伎にも描かれた）。

ただ、ずいぶんきわどいこともしておった。

旦那の掛けで衣装整えるんは誰でもすることやが、あいつは飲み食い、廓、果ては女に送る櫛、紅、白粉《おしろい》まで済ませとった。それでも、旦那が何も言わんかったのは、最後は帳尻あわせるだけの腕が、あいつにあったからや。

仲間内の掛けの穴埋めのときも、あいつはずいぶん働いていた。

商人にとって貸し倒れは、女郎の梅毒《ばいどく》(性病のひとつ)のように、必ず一度は喰らうもの。相身互《あいみたが》いで、困っとる仲間には金を融通するんが習わしやが、九平次が一番骨を折ってやっていたと思う。自分の懐から出すときもあれば、他の者に頼んで出させることもあった。

時々、無理がたたって、晦日前に九平次も青ざめていることもあったが、毎度毎度、得意や仕入れに頭下げ、八方駆けずり回って辻褄あわせた。もう落ちるか、もう倒れるか、そのギリギリでひょいと切り抜けるさまは、曲芸の綱渡りを見るようやった。

堅い商売してるだけでは覚えられん、そうした裏の始末の付け方を、俺は皆九平次から学んだように思う。

そうそう、島之内の料理屋の貸し倒れにあったときは、ずいぶん骨折って助けてくれたこともある。

せやから、継母から取り返した大事な二貫目。

命に等しい大金。

それもあいつのためならと思って、貸してやった。

里から帰り、精も根も尽き果てた俺は、愚痴でも聞いてもらおうと、九平次の家を訪ねた。

しかし、九平次もやつれておって、俺の愚痴もそこそこにこうこぼした。

「のう、お前も確かに難儀じゃったが。俺は俺で大難よ。ついに、俺の運も極まった。旦那の掛け、借金の加判人《かはんにん》(連帯保証人)、客の貸し倒れ、三つのうち、一つか二つが降りかかるなら、俺の腕でどうとでもなるが、此度《こたび》は三ついっぺんじゃ。もはや、どうもならん」

珍しい泣き言に、俺も釣り込まれ、

「ほい、どうした。何ぞあったか？　話してみぃ」

するると、九平次は涙をぬぐいつつ、

「いや、笑ってくれ、徳兵衛。すべて己《おの》が身から出たさびよ。まず、先月は遊びすぎた。新町の丹波屋に店の名で揚《あ》がり、紋日《もんび》（遊郭の衣替《ころもが》えの日。遊女が、ひいきの客の助力で祝儀を配った）――ああ、いまいましい。廓の奴らめ五節句だ何だと勝手に祝日をこさえ、客から金をむしり取ろうとしおって――に見栄《みえ》が張りたかったたゆえ、ずいぶん、女郎にも金をばらまいた。これがまず一貫。そして、お前も知っておろう、平野町の吉兵衛。あやつが店の勘定に穴をあけて助けを求めてきた折、己《おのれ》の懐もさびしかったゆえ、寺町の得意に払ってもらい、借金の加判人になった。ところが、吉兵衛めは他にも借財をしていたらしく、つい先日雲隠れしてしまいよった。これが七百匁《もんめ》（一匁は金一両の六十分の一）。とどめは、西九条の廻船問屋、檜垣屋《ひがきや》の倒産よ。江戸に送った船が、遠州灘《えんしゅうなだ》（静岡県から愛知県にかけての南に広がる海域）で沈み、船員も荷物もみな海の藻屑《もくず》。檜垣の旦那はクビをくくり、俺も屋敷へ詰めかけて、他の借金取りと取っ組み合いのけんかをしつつ、ずいぶん屋敷の財産を差し押さえたが、それでも二貫三百匁取りはぐれた。あわせて四貫。せめて、三貫、いや半分の二貫あれば急場はしのげるのやが、ほうぼう駆け回っても、友達がいのあるやつは誰もおらん。はは、もうあとは風を喰らって退転するか、安堂寺橋から身投げするほかないわ」

いつもの威勢に似合わぬ哀れな様子に俺もついもらい泣きして、

「おお、それなら、ほれここに二貫ある」

そう自分から差し出した、なんという人の良さ、愚かさよ。

九平次も涙をぽろぽろ流して、

「何を言う、徳兵衛。その銀の事情は先に聞いた。命よりも大事な金やろう。そう言ってくれる気持ちだけで十分。この世にお前という友達がたった一人いたことが分かっただけで俺は満足、十分や。俺も瞑目《めいもく》して（目を閉じて）あの世に行けるやろ」

「早まってはいかん。九平次、何の金をやると言っているわけやない。貸すだけや。お主《ぬし》の腕やったら、晦日さえ乗り切れたら二貫くらいの金、この難波の地面を踏んだだけでポンと出てくるやろ。俺が旦那に期日と言われたのは七日や。それまでに、用立ててくれたらええ。ほら、受け取れ。えい、じれったい。それ、もうお前の手の平に乗せたぞ。そう、それでええ」

俺はそう言って横手を打った（思わず両手を打ち合わせる）。堂島の米市場で天下の米を動かしても、取引の証拠は横手のみ。それが難波の商人の心意気。まして友達同士。自分たちの他は誰も知らぬとも、誠《せい》のこもった拍手、お天道《てんと》さまが聞いておる。そう思ってのことだった。

だが、九平次の性根は何重にもねじれておった。

「かたじけない。これで俺の首はつながった。生涯、恩に着る。しかし、このような大事、証文を残さんのは後々の禍《わざわい》やろ。手形を書いてくれ。俺はそこに印判を捺すから」

おお、こうして口にするだけでも恐ろしい。舌が腐りそうや。よくもまあ白々《しらじら》と吐けたもの。まさかその印判が、とうに町方に落としたと届け済みのものだったとは。

あぁ、悔しい、無念やな。

叔父からも、継母からも、そして兄弟と頼んだ親友からも裏切られた。

踏叩《ふみたた》かれ、あざ笑われ、男も立たず身もたたず。

もはや、今生《こんじょう》には何の未練もない。

ただ、まだたった一つ、この世に愛しい哀しい懐かしいと思うものがある。

「お初」

お初は「共に」と言うてくれた。

参詣の皆様方、どうぞ我が名を覚えておいてくだんせ。

この徳兵衛が正直、心の涼しさは、きっと三日のうちには大坂の街中に知らしめてみせ申す。

いずれもご苦労おかけしました。

ごめんあれ。

五　下屋へ忍ぶ

天満屋につくと、もう日は暮れていた。

廓の灯か、季節《とき》知らずの螢か、雨夜にまたたく星のように蜆川に映えている。聞こえるのは、遊女が奏《かな》で歌う弦歌《げんか》（三味線を弾き、歌う歌）、見えるのは、恋を巡って街をさまよう酔客《すいきゃく》たち。

しかし、今のお初には、いずれもまるで蜆川の底から見聞きしているように、遠くうつろな色だった。

帰ってからも彼女は泣いてばかりで、今日を身請けの宴にしようと思っていたお大尽はすっかり興ざめてしまった。それを、主人とおかみが二人がかりで機嫌を取り、きっと明日には身請けの話も飲み込ませておきますさかいと言って、宿に帰ってもらったのだった。

お初は、お大尽が去ったあとも、二階の自分の部屋にあがるわけでもなく、一階の大広間でしくしく泣いていた。

もう道には、うかれた酔客たちの姿が引きも切らない。大広間の側には、往来《おうらい》に面して格子《こうし》越《ご》しに女たちの姿を見せる張り見世があるが、そこで客引きをしている女郎たちには、お初が迷惑だった。

それでなくても、身請け話のため、お初はやっかみを買っている。

同輩たちはわざわざお初の側にやって来ては、耳に届くか届かぬかの声音で、生玉からはや飛んできた噂話をささやきあった。

「ねぇ、徳様の話聞いた？」

「聞いた、聞いた。何や、具合の悪いことがあって、生玉でたんとぶたれはったとか」

「いや、うちのいい人の話やと、踏まれて死んだって話やで」

「嘘、ちゃうちゃう、騙《かた》り（だましてお金を盗《と》ること）をやって縛《しば》られたんや」

「ほんま？　わしは偽判してくくられたって聞いたえ」

お初は耐えられなくなってわっと泣き伏した。

「あぁ、いや。もう、何も言わんといて。聞けば聞くほど、胸が痛む。うちのほうが先に死んでしまいそうや。いっそ死んでしまいたい」

その泣き声を聞きつけて、お絹がことさら大きな足音をたてながら、こちらにやってきた。

彼女は耳擦《みみこす》り（耳うち）をした同輩たちをにらみつけながら、

「お初はんおいで。おかみはんが呼んではる。腹減ったやろから、一杯やろうやて。うちと一緒に行こう」

そう言って、優しくお初を抱き起こした。

そして、足元がおぼつかぬお初を介添《かいぞ》えしながら、

「うちの人がごめんねぇ。うち、九平次はんのお気に入りやったから。許してね、お初ちゃん」

と涙声で言った。

「何も、何も……お絹ちゃんが悪いわけやない」

そう答えたお初の声も涙声だった。

どうして、お絹が許してと言わなくてはならないのか。一体、いつまで女は男を許し続けなくてはいけないのか。

旦那とおかみが控える内証《ないしょう》（遊女屋で主人がいる所）は、二階に上がる客と女郎を見張れるよう、階段のたもとにある。

お初とお絹が部屋に入ると、旦那はおらず、おかみさんだけだった。

旦那はこの商売には珍しく、気の優しい人で、女郎を頭ごなしに怒鳴りつけることも、道具部屋で折檻するようなこともなかった。

その代わり、揉め事になると自分はさっさと逃げ、体を張るのはもっぱらおかみさんの役割だった。

おかみさんは火鉢で燗《かん》をつけながら、一人で始めていた。

今でこそ水気が少しもない、干芋《ほしいも》のような婆さんだが、若い頃は、新町で一世を風靡《ふうび》し、位階も太夫の次の天神まで昇ったらしい。その名残は、年のわりにしゃんと伸びた背筋や、老いてなお鋭い目元などに残っていた。

おかみさんは、お初とお絹が席についてもすぐ口をひらかなかった。

煙管を長々と一服して、もったいをつけたあと、

「お初、明日、身請けの話を受けるよ」

とぴしゃりと言った。それは、もう決まりきったことで、一切の抗弁を受けつけないという言い方だった。

その貫禄に、お初もお絹も一言の言葉もなかった。

おかみさんは、自分の言葉が二人の体の芯にまで染み通ることを確認したあと、やや言葉をやわらげて、

「年を取るいうんは嫌なことやねぇ。体はそちこち痛くなる。頭を使おうとしても半刻《とき》（約一時間）も集中できない。それでも、たった一つ、得なことがある。それは、この世は皆繰り返しや。初めてなんちゅうことはない。そう悟ることができるいうことやね」

おかみはお初とお絹に杯を持たせ、燗酒をついでやった。

「特に男と女なんてそうや。皆、何十年も飽きずにおんなじことを繰り返しよる。どこぞのアホがやったアホなことを、また別のアホが繰り返す。あんたたちはまだ若いから、起こったことを、えらいことや、こんなもん初めて、などと思うかもしれん。でも、そんなことない。皆、皆、どこかの誰かが通った道、どこかの誰かが転げ落ちた溝や」

杯を持ったままの二人に、手ぶりで飲むように促《うなが》したあと、おかみは続けた。

「生玉での顚末《てんまつ》はぼんやりとは聞いた。何が起きて、誰が悪いかも、何となく想像はつく。やけど、今さらうちらにどないできることやない。気の毒やけど徳兵衛はんはもう終いや。九平次はんかてただではすまんやろ。狂うた犬が嚙《か》みつき合ってるようなもんや。刀も持たん、生身の、それも女に何ができる」

お初もお絹もただ下を向き涙をこぼした。

「ええか、お初。あんたは幸せなんやで。一体、女郎のうちで、何割が無事に廓から出られる思うてんねん。年季《ねんき》(雇う約束の年限)十年を務めあげられるもんなんてまれや。梅毒《ばいどく》、妊娠、客の乱暴、死ぬ理由なんて何ぼでもある。わいも新町の時代から、何人の仲間を行灯《あんどん》部屋で看取《みと》ってきたか分からん。年季明けしたかて、嫁か妾《めかけ》になれんかったら遣り手になるか、もっと下の色町に流れていくしかない。今でも、あての同輩のなかにはな、梅毒で欠けてもうた鼻を蠟燭《ろうそく》のカスで埋めながら、客を取っとるもんがおるわい」

確かに、お初もそうした先輩を見たことがある。

お初が天満屋に来て初めての年のことだ。

旦那とおかみが、お初をはじめ新造《しんぞ》（遊女に付き添って世話をする女）を、大坂七墓《ななはか》巡りに連れ出してくれたことがあった。

大坂には、梅田、南浜《みなみはま》、葭原《よしわら》、蒲生《がもう》、小橋、飛田《とびた》、千日《せんにち》の、七つの墓所がある。盂《う》蘭盆会《らぼんえ》（旧暦七月十五日に祖先の霊をまつる行事）に、徹夜でその七つを巡るというのが七墓巡りだった。無縁の諸霊を回向《えこう》（供養）するというのが本来の目的だが、その実、難波の町衆が毎夏待ち望む、一種の娯楽になっていた。

お初たち子どもにとっても、仲間と外出が許される上、木魚《もくぎょ》、持ち鈴、摺《す》り鉦《かね》で、大っぴらに大騒ぎ出来るのである。それに、街の辻から、曲がり角から、井戸から、廃寺から、いつ化け物、妖怪があらわれるか。傘火、逆さま女、首絞め縄、泣き坊主、笑い猫、燃え唐臼《からうす》……。大坂の巷《ちまた》は、超常の物の怪《け》で一杯である。驚くことと怖がることが大好きな娘たちの胸は、もう考えただけで早鐘《はやがね》のように鳴った。

「お初ちゃん、泣いてしまうんちゃうん？」

そうからかったのはお絹だった。

「今のうちに、お手洗い行っておいたら？」

お梅もいた。

「お絹ちゃん、怖いからうちお絹ちゃんの帯、うしろからつかんどいてええ？　お初ちゃんはうちの帯をつかんでええ。ほいで、うちが『おる？』言うたら『おる』て答えるんやで」

客と駆け落ちして行方知れずになったおゆうも、

「あら、うちそれをしてえらいことになった話聞いてるで。飛田の辺りで『おる』いう声が急に野太くなったさかい、慌てて振り返ってみたら……」

中条《ちゅうじょう》（中絶手術）をしくじって、赤ちゃん孕《はら》んだお腹抱えて「痛い、痛い」と泣きながら、悶《もだ》え死んだやよいも、

「髑髏《どくろ》になってた言うんやろ。あほらし。幽霊なんてこの世にあるかいな。ほら皆、はよ行こ」

何度も身揚がりして尽くした客に捨てられ、ある夜、行灯《あんどん》部屋にぶらさがっていたおかよもいた。

皆、まだ女ではなく少女だった。

男の手に触れられたことのない清らかな体だった。

巡礼の途中、墓石や卒塔婆《そとば》の陰で、鬼ごっこやかくれんぼに興じるくらい子どもだった。

「こら、罰当たりが。ちゃんと回向《えこう》してやらんか」

そうおかみさんは怒鳴ったが、怒りは本気のものではなかった。

おかみさんは、娘たちのあどけなさが、純潔が、そう遠くない将来に、地に落ちた花びらのように踏みにじられるであろうことをよく知っていた。今夜が、少女たちが思うさま子どもでいることのできる、最後の機会になるかもしれないのだった。

巡礼中の男どもが娘をからかってくることもあったが、そのたびに、旦那とおかみさんは血相を変えて追い払ってくれた。

しかし、おかみさんのせっかくの心遣いだったが、お初たちが大人になったのは、それから一年か二年のうちに、それぞれの発育に応じて迎えた水揚げ——最初に客と寝所をともにしたとき——ではなく、その夜のことだったのかもしれない。自分たちがいずれ死ぬことを、己の若い健《すこ》やかな体が墓石の下の乾いた骨に真っ直《す》ぐつながっていることを知ったのは、その夜のことだったのだから。

大坂七墓巡りは、大坂の外縁《がいえん》をなぞる旅でもある。

梅田。

南浜。

葭原。

蒲生。

小橋。

飛田。

最初は元気一杯だった少女たちも、墓所を過ぎるたび、口数が少なくなっていった。

歩き疲れたこともあったが、さすがにここまで大量に、死にまつわるものを見せられると、心ふさがれるものがあった。

昼間はあんなに賑やかだった大坂の街が、その実、こんなにも濃密な「死」で輪郭《りんかく》を縁取られていたとは……。

夜は深まり、大坂を覆《おお》う闇は、墨のように重々しいものになった。

自分の腕すら見失いそうになるなか、巡礼者の掲《かか》げる提灯《ちょうちん》だけが、列になってユラユラ揺らめいている。その光は、冥途《めいど》へと向かう鬼火《おにび》の群れのようだった。

いや、実は自身、もうとっくに体を失い、冷たく燃える人魂《ひとだま》になって、黄泉路《よみじ》をさまよっているのではなかろうか。そんな幻想にお初はとらわれた。

やがて一行は、最後の巡礼地である、千日にさしかかった。

ここには墓場だけでなく、大坂で最も大きい火屋と刑場がある。そのため他の墓所とは比べものにならないほど、死の匂いに満ちていた。

黒門をくぐると、もうそこが刑場で、左手には獄門台《ごくもんだい》（打ち首を置く台）があった。

見るまい、見るまいと目を逸《そ》らしていたが、やがて好奇心が勝って、

「何もありませんように」

そう胸中でつぶやきながら見て見ると、果たして生首《なまくび》が一つさらされていた。

髷《まげ》を切られ、大わらわとなったその中年男は、断末魔の瞬間のまま大きく開いた口の奥から、声にならぬ声をあげていた。

少女たちは悲鳴を上げお互いの体にしがみついたが、巡礼者のなかには無鉄砲な若い男がいて、わざわざ獄門台の近くまで行くと、

「はは、間抜けな顔や」

と笑った。

お初は死者を侮辱《ぶじょく》するような若者の態度に反感を抱いたが、彼と自分たちにそう差がないことにもまた気づいていた。

少女たちの怖がり方のなかにもまた「遊び」の要素は含まれていた。実のところ、お初たちは舌先で飴《あめ》を転がすように、死を楽しんでいた。七墓巡りの間中、ずっと少女たちは死を笑い、死とたわむれ、死をもてあそんできたのだ。

刑場を過ぎ、墓所に足を踏み入れると、死の気配はますます濃く、強いものになった。今や目をつむっても死者の姿が見え、耳をふさいでも死者の声が聞こえてきた。

どこか冗談半分だった大人たちの念仏も、必死のものに変わった。鳴り物も、大火事の乱鐘《らんしょう》（続けざまに響く鐘の音）のように打ち鳴らされる。

お初たちも気づけば「南無阿弥陀仏《なむあみだぶつ》」を声の限りに叫んでいた。

そうしなければ、死者の声に、自分自身がかき消されるように思えた。

今や、死はどこにでも潜《ひそ》み、少女たちの乱れた襟から、はだけた裾《すそ》から、忍び入ろうとしている。

「南無阿弥陀仏」

「南無阿弥陀仏」

「南無阿弥陀仏」

墓所をようやく通り抜けたときには、喉はかれ、摺り鉦をかき鳴らした手は疲れ切って震えていた。

自分だけでなく、娘たちも、おかみさんも、旦那も、また道ずれの名も知らぬ人々も、一様に疲れきっていた。しかし、皆、足だけは前へ前へ進んでいく。囃子《はやし》がやまぬかぎり舞《まい》をやめられないという河内音頭《かわちおんど》のようだった。そして、あんなに怖い思いをしたにもかかわらず、人々の顔に浮かぶ昂揚《こうよう》は、祭りのときのそれと同じだった。

皆、言葉もなく、ただひたすらに焼き場へと向かっていく。

墓場と焼き場の敷地の間には、か細い小川が一筋流れていた。

その畔《あぜ》に、二体の迎仏《むかえぼとけ》が立っている。

仏様は優しい笑みをたたえて、お初たちを見下ろしていたが、辺りには甘いような、焦げ臭いような、不穏な匂いが漂っていた。人の体を焼いた残り香《が》だろう。その匂いに釣られたのか、毛並の悪い犬が一匹うろついている。犬は不届きにも、仏様の足元におしっこをかけた。

「こん痴《し》れ犬（ばか犬）が」

獄門台で騒いでいた男が、犬のあばらの浮いた腹を蹴り上げた。犬はキャンと吠《ほ》えた後、二、三歩よろめいて倒れた。あおのけに泡を吹き、しばらく痙攣《けいれん》していたが、そのうちぴくりとも動かなくなった。

その犬に向かって、

「南無阿弥陀仏」

とお初たちは唱えてやった。

迎仏の間を通り、細流《さいりゅう》にかかった無常橋を越える。

そこがいわゆる火屋と呼ばれる一角だった。

ただ、火葬場は入ることのできない奥まったところにあり、見えるのは火夫《かふ》や墓守《はかもり》の控える聖六坊と、火葬のあいだ遺族が待つ斎場《さいじょう》だけだった。それらの建物には、墓地や刑場と比べれば、落ち着きと秩序が感じられ、端的に言えば怖くなかった。

お初は少しがっかりしたが、同時に落ち着いてまわりを見渡す余裕を取り戻した。

「おや?」

敷地の東北角に一丈《じょう》ほど(約三メートル)の小山があるのに気づいた。

それは小さな富士山のような、きれいな形をして、十六夜月《いざよいづき》の光に濡《ぬ》れ、銀色に輝いていた。

「綺麗やなぁ」

お絹もお初が見ているものに気づいた。

「なんやろ、お月さんのかけらが積もったみたいやなぁ」

「ちょっと行ってみようや」

お初とお絹だけでなく、娘たち皆で小山のほうへ行くことになった。

近づけば近づくほど、小山の銀色の光は強くなり、その上にかかる十六夜月は大きくなるようだった。

聖六坊を左手に過ぎ、斎場の横手の細い路地に入った。

そして、斎場の裏手に出て、もう小山との間に何の障害物もなくなったとき、急にお梅が、

「もう、この辺りにしとこう。何か、すごい嫌な感じがすんねん。うち、もうここから歩かれへん」

と尻込みしだした。

「何言うてんねん。ここまで来て」

お絹が助け起こし、引きずるようにして、連れていく。

そして側まで来ると、小山が実は一つではなく、その後ろに大小の違いはあれ、同じような山がいくつも続いていることがわかった。

「綺麗」

思わず、お初はつぶやいてしまった。それは、いつ果てるとも知れない、銀の丘陵《きゅうりょう》だった。

と、そのとき、

「あぁ～」

お梅が悲鳴をあげた。

「うち思い出した。うち思い出した」

わななく指で小山を指さしつつ、

「これ人の灰や。千日には灰山があるんや。これ、人や。皆、皆、人のかけらや」

お梅はまろび転びつ、斎場のほうへ逃げていった。お絹たちも、ぎゃっと叫んでお梅のあとを追う。

一方、お初は、銀の小山が人のかけらだと知っても別に怖いとは思わなかった。

それどころか、そこには心休まるものがあった。

十六夜の月は、ぬばたまの夜空に架かって、ますます大きく盛んになっていく。その雨に濡れそぼち、小山の群れの輝きもまた増していくようだった。

(お月さんで見る景色もこんな風なんやろか)

とお初は思った。

そこから先のことは、今でも本当にあったことかどうか、自分でも分からない。ほとんど穏やかといってもいいような気分で、あらためて灰山をながめていると、視界の端に何やらもぞもぞとうごめくものがあることに気づいた。

(なんやろう?)

それは、赤や黄色、布切れのかたまりで、銀一色の清らかで静寂な世界にあって、目《め》障《ざわ》りな染みのようだった。はじめ、お初は仏さんが身に着けていたものの焼け残りが、風の気まぐれで吹き溜まりになったのだと思った。動いているように見えるのも、先ほど蹴り殺されたような野良犬がくわえて遊んでいるのだろう、と。

しかしそれは、銀色の山と山の谷間を進み、こちらへ向かって来るようだった。

犬だったら厄介なことになるな、と、お初が身を硬くしたとき、

「笑うな！」

しゃがれた声が響いた。

目の前にいたのは、真っ白な髪を腰まで伸ばした老婆だった。全身を梅毒の潰瘍《かいよう》に犯され、顔には溶《と》けかけの蠟燭。鼻も口も耳もどこにあるか見当もつかず、ただ、二つの洞《ほら》の奥の目だけが、この世すべてに対する怒りに燃えていた。

「笑うな、笑うな。お主、わしも覚えがあるゆえ分かるぞ。いずれ、新造かかむろやろ。落ちぶれた遊女を笑いに来たか。悪性なやつめ。えっ、えっ、わしかて、もとは新町の女郎やった。位《くらい》も上から三番の鹿子位《かこい》までいった。せやけど、今は寝茣蓙《ねござ》一枚がもとでの夜鷹……最下等の売女《ばいた》や」

驚いたことに、老婆はいまだ現役の夜鷹だというのである。

「墓場で寝泊まりし、墓場で客を取っておる。あぁ、十六夜月がうらめしい。このなりでも、月が出なんだら、客が取れる。抱いてくれる男もおる。じゃが、少しでも姿が

見えれば、狂い犬ですら、わしのことを恐れる。昼間はもうどこも歩けん。皆から、嫌われ、つまはじきにされる。この大坂の街で、わしの気の休まるところいうたら、今やこの灰山の麓《ふもと》しかあらへん。この人間の破片が、わしの屋根や、わしの床や、わしの布団や。ほい、このじゃりめ、何を笑うか。笑うなよ。いやいや、わろうた、わろうた。お主はわてのことを笑いよった。しかしな、思い違いするなよ。わしの姿はお前さんの将来の姿や。女郎は皆いずれこうなる。それに、人間、生きてるうちは多少の違いはあっても、皆、結局はこの灰山の埋め草。やとしたら、わしもいずれ行き着く運命を先取りしとるだけかもしれんの」

そう言うと、老婆は身をのけぞらせ、月に向かって哄笑《こうしょう》（たか笑い）した。

そして、笑うのにも飽きると、また先ほどの話を節回しを変えつつ、壊れたもののように繰り返した。お初はその老婆の罵倒《ばとう》を、お絹たちに連れられて旦那とおかみさんがやって来るまで、聞いていたように思う。

「どないしたんや。狐《きつね》にでも憑《つ》かれたんか」

灰の山の前で、魅入られたように身じろぎもしないお初の頬を、おかみさんは引っぱたいた。

「ううん、ばあさんが……」

そう言って、お初が指差した先には、もう誰もいなかった。

だから、すべてはお初が見た幻《まぼろし》なのかもしれない。

ずっと後に、法善寺《ほうぜんじ》参りのついでに千日を訪ねたときも、灰山の谷間に住《す》まう老婆のことなど誰も知らなかった。

それでも、お初にとって、あの「経験」は確かにあった。

「わしの姿はお前さんの将来の姿や」

老婆の言葉は、神託《しんたく》（神のおつげ）のように、お初の耳朶《じだ》に響き続けたのだ。

「ええか、明日は何があろうと、身請けさせる。お前もその腹づもりでいるんやで」

墓巡りのことをあれこれ思い出しているうちに、おかみさんの説教は終わっていた。

お初は、「はい」と力ない返事をしたあと、内証を出た。

お絹も一緒に部屋を出たが、目頭をおさえたまま、張り見世のほうに行ってしまった。

お初はというと、相変わらず、廓のなかにすら身の置き所がない。

二階の部屋に戻ったら、それは身請けを承諾したことになり、張り見世に出たら、おかみさんへの反抗になる。

それでとにかくも庭に出ようと、大広間を過ぎ、縁台に向かった。

庭越しに、堂島の道を過ぎ行く酔客と遊女の姿が見える。そして、廓の門口《かどぐち》に、一人の男が、夜だというのに編み笠も脱がず、たたずんでいることに気づいた。

(徳様!)

思わず声に出そうになった。

しかし、広間には旦那とおかみさん、上り口には料理人、土間には下女がいる。張り見世のほうからは、同輩たちの冷ややかな目。

それで、お初は走り出したい気持ちを抑え、

「あぁ、気づまりや。表でも見てこよう」

何気ない風で、上がり框《かまち》から下駄を履き、しずしずと門へと向かった。

そして、徳兵衛のもとまで来ると、笠のなかに己の顔を差し入れた。

「あぁ、何ちゅう、むごいことを」

徳兵衛の顔の傷はひどかった。

あちこち赤黒く腫れて、右目は開けることも難しいようだった。唇も大きく裂け、いまだに血が垂れている。

お初は声を忍ばせて泣いた。

「ねぇ、何があったん？　あんたの噂、もうここまで届いてるんよ。皆、好き勝手に噂しとる。うち、悔《くや》しゅうて、悔しゅうて、気が狂いそうや」

徳兵衛も涙にくれながら、

「お前も生玉で聞いたやろ。ああまでたくまれたら、もはやどないすることもできん。

言えば言うだけ、こっちが悪もんになる。そのうち、四方八方、公儀《こうぎ》(幕府)からも、仲間からも追及が来るやろ。もはや、今宵《こよい》一晩も過ごされん。俺はすっかり覚悟を決めた」

「死」

その言葉が、またお初の胸の中に、ひらひらと花弁のように舞い込んだ。

今や、それはひとひらではない。狂い咲きの桜のように、後から後から散り落ちて、お初の心のうちに降り積もる。

お大尽との身請けは絶対にありえない。かといって、このままだらだらと廓に残って、どんな未来が待っているというのだろう。「わしの姿はお前さんの将来の姿や」

灰山で出会った老婆の姿を思い出す。

老いてなお色を売り、老残《ろうざん》の身をさらすからといって月の光さえ呪っていた、あのおぞましい姿。

しかし死ねば、あの老婆のようにはならなくてすむかもしれない。

「この世は皆繰り返しや。初めてなんちゅうことはない」

死ねば、おかみの言っていた円環からも逃れることができるかもしれない。

「死」

「死」

「死」

今やそれだけが、お初にとって、ただ一つの福音であるように思えた。

「お初ちゃーん、どこぉ」

「お初、どこ行ったんや」

お絹とおかみさんの声が廓の内から聞こえてきた。

「徳様、うちのやることに従ってくだんせ」

お初は、打掛《うちかけ》を差し上げると、そのすそに徳兵衛を隠し入れた。

(赤ちゃんができたみたいや)

徳兵衛を含んで、膨らんだ打掛を見て、お初はおかしくなった。

徳兵衛には地べたを這《は》わせて、庭をよぎり、先ほど下駄を履いた沓脱《くつぬ》ぎから、縁の下へ忍びこませた。そして自分自身は縁台に腰かけ、煙草盆を引き寄せると、煙管を吸いつけ、

「ここ、お初はここにおりますえ」

と内に向かって返事した。

六　足問答

お初が縁台で、素知《そし》らぬ顔で煙管をくゆらせていると、急に大広間のほうが騒がしくなった。

「はは、女郎《よね》様たち、さびしそうじゃな」

見ると、酒で耳まで赤黒く染めた九平次が、二、三の仲間を連れて登楼《とうろう》していた。連れも昼間の町衆ではなく、それより一段も二段も質が劣る連中で、いずれも着流し姿で人相が悪く、所作は人というより野良犬のようだった。一人、きちんと羽織をつけているものがいたが、こちらは座頭の太鼓持ちである。

九平次は、迎えに出てきた旦那に、

「亭主、久《ひさ》しいの。遊びに来たで」

そう横柄に言うと、そのまま取次も待たず、広間の真ん中にどっかと腰を据えてしまった。

旦那も仕方なく、

「それ、煙草盆」

「お杯をはよだしてやらんか」

と型の通り立ち騒ぐ。

「あぁ、いやいや」

九平次は煙でも払うような手真似をすると、

「いや、酒はやめておこう。ほれ、もうこの通り飲んできたんや。今日は話すことがある」

張り見世に出ていた女郎たちが、いつの間にか皆、広間のほうにやって来て、九平次の話を聞こうとしている。九平次は、集まった女郎たちの顔をもったいぶって眺め、舌で唇を湿した後、

「ここのお初の一番の馴染み、平野屋の徳兵衛めが」

と話をはじめた。

「俺の印判を拾い、二貫目の偽手形を押し付けようとしよった。幸い前もって町方へ届けておったから、身の証《あかし》はたったが、怖い世間やな。兄弟同然と思ってたもんに裏

切られるとは。まぁ、これも俺の人を見る目がなかったいうことや」

　ここで九平次は腕を目に当て、泣き真似をしたが、その仕様を見て、それまで女郎に混じって話を聞いていたお絹が舌打ちした。

　九平次は目ざとくそれに気づくと、

「おぉ、お絹おったか。ほれ、こっちゃ来い、こっちゃ来い。お前もよう知っとる徳兵衛にたばかられた。幸い害はなかったが、心の痛手は大きい。慰めてくれ」

　お絹は九平次の言葉に、

「あぁ、情けない」

　そう短く叫ぶと、そのまま身をひるがえし、座を立ってしまった。

「なんじゃい。女いうのは、面妖《めんよう》（不思議）なもんじゃな」

　この辺りから、女郎はもちろん、旦那、かみさんも含め、九平次を見る目つきが険《けわ》しいものになってきた。しかし、九平次はむしろその目線を楽しむ風で、

「まぁ、続きを聞きや。やつは俺の用心で、理屈につまり、とんでもないことに、こ

ちらに打ってかかってきよった。窮鼠《きゅうそ》、猫を嚙むというやつや。俺もその勢いに最初はたじろいだが、何のあんな青二才、九平次様の敵じゃないわな。さんざんにぶちのめし、蓮池に置き捨ててやった。はは、ところもあろうに生玉の参道で面目をつぶすとはな。やつめの失態はすぐ大坂中に知れ渡るわ」

それから、九平次は、手振りで旦那とおかみさんを側に近寄せると、

「で、ここからが大事の話じゃ。徳兵衛もまだ手縄《てなわ》になったわけやない。また店に来て、俺とはまったく逆のことを口走るかもしれん。じゃが、信じるんやないぞ。まぁ、謀判《ぼうはん》なんちゅう大罪を犯す奴、暖簾《のれん》くぐられるだけでも商売の仇《かたき》やろ。相手にせんこっちゃ。どのみち、野江か飛田（刑場があったところ）で首が飛ぶ奴やからな」

（人間は、どこまで下劣になれるもんやろか）

お初はほとんど茫然とする思いで、九平次を見ていた。

生玉のときもそうだったが、今回はさらに面変わりがひどい。目は捩《ね》じ上げるような三白眼《さんぱくがん》。白目が血走り、何か言葉を発するたびに、唇の端で泡がたまる。正しく、狂人

の顔だった。

縁《えん》の下では、徳兵衛が歯を食いしばり、身を震わせている。

表に飛び出して来そうなのを、お初は足の先で、そっと押し静めた。

旦那は双方馴染み客のこととて、どちらに味方するというわけにもいかず、

「それなら、なんぞお吸い物を出しますわ」

とまぎらかして、逃げるように座を立った。

九平次は、残ったおかみさんに噛みついた。

「吸い物もええけど、お絹はどこへ行ってしまったんや。おかみ、さっさと呼び戻して来んかい」

「さぁ、それは聞こえまへん」

おかみさんは、女郎には太棹《ふとざお》、客には細棹《ほそざお》（三味線の種類）と、声色を巧妙に使い分けることのできる人だったが、今回ばかりは、九平次にべベンと伝法な口をきいた。

「お絹はもうあんたとは口もききとうないみたいですわ。せやから、ここにおるもん

で堪忍《かんにん》してくれはりますか。まぁ、あんたにつきたい女郎がおればの話ですけどな」

するると、張り見世から出張ってきた女郎たちは、皆、くるりと九平次に背を向けた。

「なん……」

九平次が鼻白《はなじろ》んだところに、

「なら、うちがお相手しまひょか」

とお初が声をかけた。

「おぉ、お初やないか」

ニタニタ顔で、九平次は縁台にすり寄ってくる。

「お前も事の一部始終は知っておるやろう。何や、これじゃこっちが悪いみたいや。どうか、俺に力立てしてやってくれ」

お初は怖気《おじけ》を震いつつ、

「そう賢《さか》しらに（賢そうに）ものは言わんもの。徳様とは幾年も馴染んで、心の底までお互いに明かし明かせし仲や。その心根がどれほど優しいか、清らかか、うちが一番知っとる」

縁の下で、鼻をすする音がした。

「今回のことも、本当にお気の毒。決して徳様が悪いわけやない。兄弟の苦境を気の毒がって、頼もし立てをしたのが身の災難。全部、全部、だまされたものや。やけど、証拠がなければ理《ことわり》も立たん。もはや徳様も死なねばならぬ運命じゃが、死ぬ覚悟があるかどうかそれを聞きたい」

と、あらぬほうを見ながら、足を縁の下にだらんと出した。

優しい柔らかな手が足首を取る。そして、短刀を擬したもののようにして、お初の足先が愛しい人の喉笛に押し当てられるのを感じた。

「おぉ」

そうや、そうや、死んでしまおう。これでうちも徳様も、この娑婆という地獄からきっぱり足を洗うことができる。好き勝手に小突き回されてきた人生やったけど、やっと、最後の最後に、世間に勝つ方法を見つけたんや。

「そのはず、そのはず、いつまで生きても同じこと。死んで恥をすすがにゃ……」

九平次は「死」という言葉にぎょっとなった。

「何を独りでぶつくさ言うてるんや。何の徳兵衛が死ぬものか。はは、もし、死んでも、その後は、俺が懇《ねんご》ろに可愛がってやる。お前も俺に惚れとるんやろ」

お初は自分でもひやりとするほど、凄味の利いた口調で九平次に言い返した。

「ほほ、うちがあんたに惚れたやて。これはうれしい言葉や。せやけど、うちに指一本でも触れてみい、汚らわしい口説きの一言でも耳に入れてみい。殺す。殺すが承知か。悪盗人《どうずり》の畜生めが。うちは徳様に離れては、片時でも生きていけん。どうあっても、徳様と一所で死ぬ。一所に死ぬんや」

お初は足で徳兵衛の喉元を突いた。すると、お初の足は優しく抱きしめられ、熱いものが幾筋も、流れていくのが分かった。閨《ねや》でたわむれに舌で舐《ねぶ》ってもらったときの記憶がよみがえる。細胞一つ一つが震えて弾けるような愉悦《ゆえつ》だった。お初は思わず、陶然《とうぜん》となった。

九平次はお初の様子に気味悪くなったようで、

「何じゃい、どうも雲行きが怪しい。ここの女郎は皆、変わり者で、俺たちみたいに大金使うお大尽は嫌いなんやと。どれ、河岸《かし》を変えよう。朝屋へ寄って美味い酒と女に、がらがら一分銀ばらまいてやろうやないか」

そう喚《わめ》き散らかしながら、取り巻きを引きつれ、店を出て行ってしまった。

あとには、嵐の過ぎたような空虚さが残った。

おかみさんは、今頃のこのこと吸い物を盆に載せて持ってきた旦那から、器を取りあげると、中身をぴしゃっと庭にぶちまけた。そして女郎の一人に、

「塩、玄関先にまいとき」

鋭く言いつけると、そのまま内証に引っ込んだ。

旦那はその背中を面目なさそうに眺めていたが、やがて、視線を広間に移し、お初たち女郎の興ざめた顔を見ると、一つため息をついて、

「どうも、今日は景気が悪いようや。ちょっとはやいが、店じまいにしよう。皆、休み。二階の客の方々もすんません、床延《とこの》べさせますさかい、休んでくだされ。お初、お前も二階に上がって、はよう寝るんやで」

と言った。

旦那さんはお初のことを、眉を八の字にして心配そうに見つめていた。仁・義・礼・智・信・忠・孝・悌《てい》の八つの徳に欠けた「忘八《ぼうはち》」とさげすまれる商売だが、その人種のなかでは、旦那もおかみさんも、ずいぶんましな人たちだった。人情家で、横死《おうし》（ふつうではない方法で死ぬこと）した女郎のために、毎年、檀家になっている久成寺《くじょうじ》で追善供養をあげていることも知っている。きっと旦那たちなら、お初のことも無縁に捨て置くこともないだろう。

お初は、旦那の横を会釈して通り過ぎるとき、

「旦那さん、おかみさん、お世話になりました。ほんまに大事に育ててくれはりましたな。もうお目にかかることもありますまい。ほんにありがとう」

そう心のなかでつぶやいた。

宵《よい》の初めは耳擦りをしていた連中も、先ほどの九平次の一件で、心からお初に同情したのに違いない。

階段を上がる途中、皆、口々に、

「お初ちゃん、立派だったわよ。あの啖呵《たんか》、うちもすかっとしたわ」

「ほんまや。徳様は残念やけど、皆忘れて、お初ちゃんは自分の身の立て方だけ考えたらええんや。元気だし」

と心からなぐさめてくれた。

お初はその一人ひとりに、

「ありがとう」

「ありがとう」

と礼を言った。

お絹も、自分の部屋に入ろうとしたとき、追いかけて来て、

「ごめんねぇ、お初ちゃん。九平次があんな人とはうちも思わんかった。おかみさんも言うてくれたけど、もうあの人とは縁切りや。どうか堪忍して、これからも友達でおってね」

そう真っ赤な目をして言ってくれた。

「もちろん」

お初は袂《たもと》でお絹の涙を拭《ぬぐ》ってやった。

「何があろうとうちらは友達や。おない年に新造になった仲間も、もううちらしかおらんのやもん」

そして、大きく手を広げて、その太り肉《じし》の体を抱きしめながら、言ったのだった。

「もし、どっちかがあの世に行ったとしても、うちとお絹ちゃんはずっとずっと友達やで」

七　死出立

皆が寝静まるのを、お初は自分の部屋でまんじりともせず待っていた。

部屋はお大尽の引き出物で埋まり、身の置き場もない。着物、反物、化粧道具、鏡台、簞笥《たんす》、香炉、草紙、茶器、酒器。そんな大量な物の間に、ようやく正座できる程度の隙間を見つけ、お初は身を休めていた。

（豊後に行っても、今と同じような生活がずっと死ぬまで続くだけやったやろ）

お初は心底ほっとしていた。

引き出物は、いずれも高価なものだったが、色や模様、形がバラバラで、お大尽の人柄を感じさせるものは何もなかった。きっと、店のものの勧めるままに買ってしまったものに違いない。お大尽は金こそあるが、自分の好みを見極めるほどの感性も教養も、育てることができなかったのに違いない。

田舎の成金《なりきん》にとってお初は、血の通った愛情の対象というよりも、そうしたいたずらに高価な物品と同様に何の愛着もなく、ただただ見栄をはるための道具でしかなかったのだ。身請け後も、今のように着物や化粧道具の隙間で、身を小さくして暮らすことになっていただろう。

ゴーンと、重々しく、八つ（だいたい午前二時頃）の鐘が鳴った。

お初は窓から顔を出すと、引き出物のなかから一番高そうな茶器を庭に放った。

その音で、下屋《したや》から徳兵衛が顔を出した。

彼は庭の真ん中まで出ると、お初を見上げ、一つうなずいて見せる。そして手真似で、通りに出る門のほうを差し示した。

お初が合点と打ちうなずくと、彼は庭をよぎって門のほうへ歩いて行った。

お初のほうは、部屋に戻ると、引き出物のなかから白無垢《しろむく》を取り出した。他はもうわが身に用のないものばかりだが、これだけは役に立ったとお初はおかしかった。

白無垢を身に着けたあと、いつも着なれた黒小袖を羽織る。

そして、部屋を出ると、抜き足差し足で階段へ向かった。

しかし、階段についてみると、終夜消えぬ有明行灯《ありあけあんどん》が赤々と灯り、階下では半裸の下女が床をのべて、門口への道をふさぐように眠っている。

お初は息する音も忍ばせながら、棕櫚箒《しゅろぼうき》に扇をくりつけると、それで階段の二段目から行灯の火をあおいだ。しかし、まだ遠かったようで、火は壁に映るお初の影をいたずらに揺らすばかりである。

必死に手を伸ばし、

（えい）

力の限り箒を振るうと、ようやく行灯を消すことができた。

しかし、その弾みでお初は体の釣り合いを失い、どうっと階段を転げ落ちてしまった。

階下の床へ倒れ伏す。

幸い、階下の下女とぶつからないで済んだが、

「うーん」

と下女がこちらへ寝返りして来たので、慌ててお初ははね起きた。

「何じゃ、今の音は？　女子ども、有明の灯りも消えたようやぞ。有明の火は終夜絶やさぬもんや。早う起きてつけい」

亭主も目を覚ましたようだった。

眠たげに目をこすりながら、火打ち箱を手探りで探す下女を、お初も気配だけで避けながら、はい回る。そして、ようようやり過ごすと、今にも駆け出したい気持ちを必死で抑えつつ、門口へ向かう。

「何をしておる。まったくお前は使えん奴やな」

「そう、ほたえな。旦那様。今、探しとるよって」

うしろでは、旦那と下女が怒鳴り合っている。

その声にまぎらわせるように引き戸の掛け金を外したが、きしむ音が気掛かりで、なかなか引き戸に手をかけることができない。

「おお、あった、あった。これで火をつけますさかい」

下女が火打ち箱を見つけたようだった。

火縄に向けて、コツコツと火打ちを切りはじめる。

切るたびに己の姿が映し出されて心臓が縮み上がるようだったが、幸い旦那も下女も火縄の方ばかり向いていて、こちらに気づいていない。
下女が立てる火打ちの音にあわせて、お初はそろそろ引き戸を引く。
すると、その隙間から、徳兵衛の白い顔がのぞいた。
あぁ、なんて美しい男なんやろう。
こんな急場でありながら、いや急場であるからこそお初は思った。
優しくて、綺麗で……。
こんな汚い世間で生きているのが可哀想になるほど……。
車戸の桟《さん》に手をかける。
(ねぇ)
と目で訴えると、その上に徳兵衛も手を重ねてくれた。
「しけっとるんかなぁ、なかなか火がつかん」
下女が火打ちを切るたびに、二人一緒に戸を引いていく。
チョウと打てば、そっと開け、カチカチ打てば、そろそろ開ける。

そして、ようやく身を潜り込ませるだけの余裕ができると、徳兵衛がお初の手をぐいと引っ張って、表に連れ出してくれた。

「あぁ、うれしい」

二人は固く抱き合うと、狂ったように唇を吸い合った。

(やらかいなぁ)

とお初は思った。

あんなに殴られたあとでも、徳兵衛からはいい匂いがした。

(このままぎゅーと抱きしめとったら、徳様がうちの体のなかに溶け込んでいかんやろうか。何ぼ考えても、うちと徳様、別々の体持ってるんが不思議や、変やわ)

しかし、それももうすぐかなわぬ夢ではなくなる。

「死」が二人の体の境界を無くし、混ぜ合わせ、ひとしずくの、透き通った宝石に変えてくれるだろう。

「お初、さぁどこで死のう」

その答えはもう決まっていた。
心中ではお定まりの廃寺か、山や海でなんか、死にたくなかった。
大坂の、大坂の街で死にたかった。
二階の廓からいつも見ていた、あの神聖で清らかな場所。
どこを見ても、人、人、人の大坂で、最後に残された聖域、天神様の住まう森。
でも。
「曽根崎の森」
きっといつか、街の灯りに切り裂かれる日がやってくる。
きっといつか、街の喧噪《けんそう》にかき消される日がやってくる。
だったら、自分があの処女地に足跡を残す、最初の女になりたかった。
そうして、お初という女が生きた証《あかし》をこの街に残すのだ。
大坂の街に人が住まう限り、自分たちのことを語り継いでくれるように。
「分かった。ほな、行こう、お初」

徳兵衛は笑ってうなずくと、お初の手を取った。
そして、二人の恋人は歩き始めた。
曽根崎の森へ。
行くべきところ、約束された場所に向かって。

八　朝屋

あぁ、まずい。

酒も飯《めし》もまずくてかなわん。

飲んでも食べても一つも身にならず、骨の間をカラカラいいながら、転がり落ちとるようや。

酔えん。

腹もふくれん。

女も抱きたいとは思わん。

この世から、色という色がいっさんに失われてしもうた。

どこからや、どこから俺は道を間違えた。

うん、何や?

難しい顔をしてるやと。

何を言うておる。

俺はさっきからわろうてるやないか。

おかしゅうてたまらんのよ。

お前らのことも、世間のことも、そして何より己のことが。

それ、飲め、食べろ、戯《たわむ》れろ、そして笑え。

にぎやかに喚き散らかして、俺の憂さをお前たちの虚仮《こけ》と阿呆《あほ》で塗りつぶしてくれ。

しかし、屁《へ》のような奴らじゃのう。

追従《ついしょう》（おせじ）は耳障りやし、冗談も面白うない。

真の友達を失って得たのがこんな奴らとは、世のなか最後は得失釣り合ういう話も、怪しいもんじゃ。

あぁ、うるさい、うるさい。

ほれ、この通り、わろうておるじゃろうが。

俺には構わず、勝手に騒いでおけ。

そう、それでいい。

笛は軸をくりぬかれ、太鼓はなかが空洞だからこそ、よう音が鳴る。

お前たちも、腸をくりぬかれ、頭は空洞ゆえ、お喋りだけはできるんじゃろう。

分際を知って、わめきちらかしておけよ。

さて、考えを戻そう。

どこからや、どこから俺は道を間違えた。

生駒《いこま》の麓《ふもと》、河内のとある村で生まれたときか？

それとも、口減らしのために、遠里小野の油屋に丁稚《でっち》に出されたときか？

そういえば、そんとき、番頭になかなか味なことをしてもらったことがあったのう。油でも、丁子《ちょうじ》は乙《おつ》な使い方があるいうて、遠里小野の誰もおらん製油場で後ろをやられたことは、生涯忘れん。

その後、どうもこの子は口が達者や、街に置いとくほうがええやろ、と旦那から見込まれて、遠里小野から難波の問屋のほうにうつされた。先輩に小突き回されながらやったけど、ここで算盤《そろばん》と商売を覚えさせてもらったのはよかったの。俺には、菜畑の真ん中にある工場で絞め木回してるより、街をあちこち走り回って、仕入や得意先と丁々発止の取引を見させてもらうほうが性にあった。

そうそう、この頃、友垣《ともがき》（友達）になったのが徳兵衛やった。

風呂敷の包みを行儀よく両手で抱えて、先輩の後ろをちょこまかついていく、何や色が白くて、体の小さい、女の子みたいなやつやった。

油としょうゆやったら、得意先も重なる。

自然、顔見知りになり、そのうち、先輩の用が終わるのを同じ得意の店先で待ちながら、だべるようになった。

聞いてみれば、同じ丁稚ゆうても、根無し草の俺と違い、あいつは旦那と縁続き。いずれ跡取りになるかもしれん身の上やった。せやけど、それを鼻にかけることなく、あいつは兄貴分として、ずいぶん俺を立ててくれた。

とにかく真面目で物足りんところはあったが、今は角倉・淀屋（いずれも江戸時代の豪商）が生きとったときのような拡大一辺倒の時代やない、もう席の数は決まっとる。仲間や思っとっても、油断したら後ろから刺されるご時世や。そんな時節に、あいつの素直な気性は貴重やった。

俺らは子どもやったが、それでも大人になったとき、餓鬼《がき》のころから気心知れた仲間がどれだけの財産になるかは知っとった。徳兵衛は、持ち駒《ごま》として誰でも勘定に入れたくなる男やった。

徳兵衛みたいなコネのない俺は、結局、正道では出世はでけん。そう思い切って子どもの頃から、遊びだろうが、かけ事だろうが、大人の裏の付き合いに必要なことは何でもした。酒かて飲んだ。初めて飲み屋ののれんくぐったときは、まわりの大人が面白がって、どんどんついでくれたもんで、青くなってひっくり返ったもんや。

そんなちょっとした冒険のあと、丁稚仲間に何があったか話して聞かせるんは得意やった。

なかでも、徳兵衛が目を丸くして、感心したり、心配したりしてくれるん見るのが、一番の楽しみよ。

「あかんで、九平次、自分を大事にせな」

あいつの忠告はいつも芸がなかったな。真っすぐ、一筋、それだけや。せやけど、芯はあった。本当に、友達として俺の身を案じてくれとったと思う。

「なぁに、俺の身代で番頭、ゆくゆくはのれん分けしてもらおう思ったら、少々の無理はしゃあない。徳兵衛、お前は旦那の甥《おい》やさかい、正々堂々の道を行けばええ。それでも、最後に着く場所はおんなじや。お互い自分の姓か名前の入った店持って、難波で油言うたら九平次、しょうゆ言うたら徳兵衛、そう言われるようになったらええやないか」

青臭いようやけど、俺は本気でそう思っとったよ。

あいつを、堂島に連れて行ったのも、何も堕落させてやろうと考えたからやない。仕事ばかりのあいつに、男としての幅を持ってほしかったからや。

いや、少し嘘を言うたな。

俺は正直に話さないかん。

お初を天満屋で見たとき、なんて綺麗な女やと思った。

若衆みたいにきりっとした顔をして、それでいて胸や腰にはしっかり脂が乗って。閨で抱きしめたら、いかにもうまそうやった。

そりゃ、新町やったら、いくらでもおる女なのかもしれんよ。

でも、俺らみたいな手代に手が届く範囲では、とびっきりの別嬪《べっぴん》やった。

それに、商売女の爛《ただ》れた感じがまったくなかったし、京からやって来たとは信じられんほど、挙措《きょそ》動作、皆てきぱきして、スカッとしてた。

得意先のきまぐれで寄った堂島で、あいつが座についたとき、おれはカーとのぼせあがって、まともに顔を見ることもできんかった。それで、お初よりは一つも二つも器量の劣る、それゆえ、気安かったお絹ばっかりに話しかけてしまったが、店から「こっちがお気に入りか」と勘違いされてしまったのは痛かったの。後々まで、それが尾を引いてしもうた。

それから、何度か天満屋に通ったが、つくのはお絹。たまにお初が来ても、店のほうはお茶濁《にご》し程度に思っとるから、話が煮詰まる前に別の座に呼ばれてぷいといなくなってしまう。それに俺のほうも、まるで六歳か七歳くらいの餓鬼の片意地で、どうにも素直に「一番気に入っとるのはお前じゃ」と言うことができんかった。海千山千の難波の商人と、丁々発止のやりとりしとる自分に、こんな不器用なところがあったんかと、俺はあきれたり、驚いたりしたもんや。

それで、前々から、女遊びに誘うつもりやった徳兵衛を連れて、天満屋に行ってみることにした。あいつにお絹を押し付け、俺はゆっくりお初を口説く算段やったんや。

ところが、あにはからんや。

あいつは俺なんかより、女に関してはずっと粋人《すいじん》やった。

殊勝に顔を赤らめておったのは最初だけ、気づけば手なんか握りおうて、すっかり二人だけの世界や。

はたから見ても美男、美女。

在原業平《ありわらのなりひら》が小野小町《おののこまち》に会ったみたいにお似合いやった。

俺は涙をのんで、お人好しの道化をつとめる他なかった。まぁ、お絹もだいぶおかめだが、実った体をしたなかなかいい女。我慢することにしたわ。

ふふ、その晩、俺はだいぶ、酒席で道化をしたと思うが、自棄《やけ》になってのことでもあったのよ。

だが、神にかけて言うが、このことで俺が徳兵衛とお初に対して何か含むところがあったと考えたら、それは地獄行きの勘違いや。

俺も男を磨くやつ。

どうして、友人の恋路の邪魔をしようか。それに、お初とは直《じか》に接するより、気心知れた徳兵衛を間に立てたほうが、よほど気安く話すことができた。

あぁ、俺とお絹、徳兵衛とお初、四人で遊ぶんは、何や子どもの頃、男女《おとこおんな》の垣根なく遊べた頃に戻ったみたいで楽しかったの。

そうそう、二人で金を出し合って、一日、お初とお絹を買い切ったこともあった。

おのれの人生のなかで一番、好もしかった日を一つ選べと言われれば、迷いなくあの日を選ぶやろう。

田舎の景色が懐かしゅうて、目と鼻の先の梅田なんぞに、牛駆けを見に行ったが、蓋《ふた》開けてみたら、皆、肥《こや》し臭い、百姓の出やった。

やけど、そんなもんかもしれんね。

町なんぞ、金は生んでも、肝心の子どもをまったく生まん。

俺かて、何ぼ遊里で遊んだところで、三十七、八までは主家で住み込みの身、所帯なんぞ持てるのは一体いつの日になることやら。結局、俺の家の血筋は、河内で肥《こや》しをこねくり回しとるアホの兄貴が継ぐことになるやろう。そう考えたら、俺らは結局、街に一代で死ぬために出て来たんかなぁ。

さて、いよいよ、あの日の話をせなあかん。

しばらく顔を見んかった徳兵衛が訪ねてきたとき、俺は虫の居所が悪かった。

まず、旦那の掛けで遊び過ぎた。

二つめは、借金の加判人になってやっていた仲間の一人が首をくくった。

とどめが、得意先の一つが貸し倒れしよった。

この三つだけでも厄介やのに、俺は少し前に印判をなくしとった。

いつも入れとる鼻紙袋になくて、泡食って家じゅうひっくり返したが、なんも出てこん。すわ盗まれたか、落としたかと、大急ぎで町方に届けたが、印判がなければ証文も書けん。拍手だけで貸してくれる仲間もおるにはおるが、さすがに大金は預けてくれんやろう。これでは金策が難しい。

まぁ、それでも三つまとめて、一貫そこそこの金。

この程度の災難なら、幾回も切り抜けてきたことはある。

何とかなるやろとたかをくくっておったが、心の片隅では、ほとほとこの綱渡り、綱渡りの渡世に嫌気がさしていた。

いつまで、この狂言は続くんやろうか。

難しい言葉を使えば、柄《がら》にもなく、俺は厭世的《えんせいてき》になっとった。

ただ、不幸中の幸いいうか、気分でも変えようと煙草入れをまさぐっとったら、ポロっと印判が落ちてきた。どうも、花街で遊んだ際、仲間たちとたわむれに印判を見せびらかしあって、そのまま煙草入れに入れてしまったらしい。

苦笑しながら印判を懐に入れて、はぁ、また町方に届けを出し直さなあかんなぁと思うてたときやった。

「九平次おるか」

と、徳兵衛が戸を叩いたのは。

あいつはえらいしんどそうな顔して、這《は》うように部屋にあがり込んできた。

「どうしたんや、青い顔して。まぁ一杯」

とお茶を出してやると、あいつは一息に飲み干したあと、挨拶もそこそこに例の話をしよった。

俺は、妙に冷え冷えした気持ちになったことを覚えとる。

何やろう。半年ほどかけてみっちり商売について教えてやった丁稚が辞めたいと打ち明けてきたとき、あるいは、一緒になって遊んでた仲間から、実はその遊びがたいして面白いとは思えん打ち明けられ、さっさと家に帰ってしまったときなどに、その気持ちは似てたのかもしれん。

考えてもみい。

先にも言ったが、何のコネもない俺は、どれほどまわりからやり手ともてはやされても、一家をかまえることができるのは、はやくて三十七、八。おまけにしばらくは通い番頭や。それが、徳兵衛は二十五の若さで旦那と縁続きの娘を娶《めと》り、一足飛びに江戸の出店の主人。生まれが違ういうだけで、何ちゅう差、何ちゅう不平等。

女への腕ならともかく、商売に関してなら、あいつより俺のほうが上や。男が世渡りする上で必要なことなら、腕っぷしでも、口でも、俺があいつに負けるところなんて一つもあらへん。

徳兵衛は自分では気づいとらんけど、あいつはめちゃくちゃ幸運なやつなんや。それを、あいつは、その幸運を皆かなぐり捨ててもいい、と言いやがった。

何ちゅう、傲慢《ごうまん》。

何ちゅう、増長。

お初とあいつを引き合わせたのは俺。

俺もお初に惚れとったかもしれん。

しかし、全部、「遊び」のうちの話や。

商売や義理を欠いてまで、のめり込めとは言うてない。それが遊びの決まりや。それを皆、放り出して、あいつは逃げる言うたんや。

涙ながらにお初への思いを惚気《のろけ》るあいつの声が、急に水にくぐもったみたいに遠くなった。

いや、心の内の景色では、津波にでもさらわれたみたいに、あいつの姿が小さくなっていくのを感じた。

もう、友垣やない。

仲間やない。

こいつは他人や。

そして、そのとき、俺の心に魔が差した。

戸を閉めまわしたはずの部屋で、ふっとろうそくが消え、暗闇にしんと包まれるように、俺の心に魔が差した。

手元にあるのは、町方に紛失を届けずみの、この世から消えたはずの印判。

俺はそれを忍びのもんが、懐刀《ふところがたな》を握りしめるみたいに握った。

「いや、笑ってくれ、徳兵衛。すべて己が身から出たさびよ。まず、先月は遊びすぎた。新町の丹波屋に店の名で揚がり、紋日《もんび》に見栄を張りたかったゆえ、ずいぶん、女郎にも金をばらまいた。これがまず一貫。そして、お前も知っておろう、平野町の吉兵衛。あやつが店の勘定に穴をあけて助けを求めてきた折、己の懐もさびしかったゆえ、寺町の得意に払ってもらい、借金の加判人になった。ところが、吉兵衛めは他にも借財をしていたらしく、つい先日、雲隠れしてしまいよった。これが七百匁。とどめは西九条の廻船問屋、檜垣屋の倒産よ。江戸に送った船が遠州灘で沈み、船員も荷物も皆海の藻屑。檜垣の旦那はクビをくくり、俺も屋敷へ詰めかけて、他の借金取りと取っ組み合いのけんかをしつつ、ずいぶん、屋敷の財産を差し押さえたが、それでも三貫三百匁取りはぐれた。あわせて四貫。せめて三貫、いや半分の二貫あれば急場はしのげるのやが、ほうぼう駆け回っても友達がいのあるやつは誰もおらん。はは、もう後は、風を喰らって退転するか、安堂寺橋から身投げするほかないわ」

自分でもよくまぁぺらぺらと舌がまわるものと感心したわ。本当は三つあわせて一貫がせいぜいやが、どうせ目の前の男は勝負から降りたやつ。やったら、持ち駒は全部置いていくのが筋やろ。金のほうも、負け犬よりは、勝負する男に使ってもらったほうが有難いやろと思った。

しかし、徳兵衛の人の良さは底抜けやったな。

命より大事なはずの二貫を差し出したあと、自分を飛田か野江に送ることになる判決状をすらすらしたためよった。

俺はその様子を見ながら涙を流したもんやが、別に心のなかでベロ出しとったわけでもないよ。本気で泣いとったと思う。

「何を言う、徳兵衛。その銀の事情は先に聞いた。命よりも大事な金やろう。そう言ってくれる気持ちだけで十分。この世にお前という友達がたった一人いたことが分かった。それだけで俺は満足や。満足してよいところに行けるやろ」

友達か。

友達が土壇場か磔台《はりつけだい》にのぼらされると知って、涙せん人間はおらんやろ。蓮池で仲間と一緒にあいつをど突きまわしたときも、天満屋であらぬことを吠え散らしたときも、俺は泣いとった。

自分が悪事をして初めて分かったが、悪人いうのは、別に人の心が分からんわけでも、感情がないわけでもないのやね。

相手がどんだけつらいか、悲しいか、それをすべて理解し、時に涙すら流したうえで、同情しとる自分ごと相手を踏みにじることができる。それが悪人なんやね。

あぁ、しかし、まずいのう。

廓の飯《めし》はまずいと相場が決まっとるもんやが、それにしてもひどい。

砂でもかんどったほうがましなくらいや。
あぁ、そう騒ぐな。
けっ、女の尻なでても、乳もんでもおもろない。
たのしない。
つまらない。
この気持ちは一生続くんやろうか。
やとしたら、俺があの裏切りで払わなならんツケもそう安くはないみたいやな。
「何やかや言うても、ええやつ」
自分が思うとった自分。おのれの根っこを支えとった、己の姿を壊したんは自分や。
でもそれは、世界を支える根っこでもあったんやな。
あぁ、もう俺は世界を信じることができん。
世界が怖い、恐ろしい。
人を裏切る、だます、奪う、殺してしまう。

こんなにつらいんか。

徳兵衛が、お初がおらん世界いうんは。

考えてみれば、やっぱり俺は徳兵衛に嫉妬《しっと》してたのかもしれんね。

あいつはどんなときも、恥ずかしげもなく、「一番好き」なもんを選べられるやつやった。

「本当にやりたい」ことをやれるやつやった。

正直や。

勇敢や。

それに引き替え、おれはいつも「一番」の前ではまごついてしまう。

本当にやりたいことなんて考えたこともない。

きっと、見つけても俺は逃げてしまうやろう。

そりゃ、お初かてあいつのほうを好きになって当然や。

今も、徳兵衛は「一番好き」なもんのために、「本当にやりたいこと」に突き進んどるやろう。

「これはうれしい言葉や。せやけど、うちに指一本でも触れてみい、汚らわしい口説きの一言でも耳に入れてみい。殺す。殺すが承知か。悪盗人《どうずり》の畜生めが。うちは徳様に離れては、片時でも生きていけん。どうあっても、徳様と一所で死ぬ。一所に死ぬんや」

ははは、死か。

お初の口からその言葉が出たとき、俺は心の底からゾーッとなった。

土壇場で背中に鯉口《こいぐち》（刀のさやの口）を切る音を聞いたように、磔台で足元の焚火《たきび》がプスプスくすぶる音を聞いたように、俺は震え上がった。

あいつらは死ぬ。

それも、俺なんかが考えも及《およ》ばんやり方でやってまうやろう。

きっと、その死は、大坂城で死んだ太閤《たいこう》はん（豊臣秀吉）より、大坂の陣で死んだ幸《ゆき》村《むら》はん（真田《さなだ》幸村）より、偉大なもんになるはずや。そして、この街で永遠に語り継がれていく……。
ふふ、負け、負けたの。
うん、何や？
ほれ、この通り、俺はわらってるやろ？
うるさい奴らめ。
何が面白い。
何が楽しい？
何じゃ、こんな、まずい酒。
くそまずい飯。
ブスな女に、アホの男どもが。
出ていけ、さっさと出て行ってけつかれ。
お前たちの顔など見とうもない。
あぁ、徳兵衛、お初、お前たちはどこにおる？

一体、どこに行ってしまう気や。

自分たちだけで勝手に行かんでくれ。俺も連れて行ってくれ。

俺を独りぼっちにせんでくれ。

徳兵衛！

お初！

九　道行

この世のなごり、夜もなごり、死にに行く身をたとふれば、あだしが原の道の霜《しも》。一足づつに消えて行く。夢の夢こそ、あはれなれ。あれ数ふれば、暁《あかつき》の七つの時が六つ鳴りて、残る一つが今生の鐘の響きの聞き納め、寂滅為楽《じゃくめついらく》と響くなり。


「綺麗やなぁ」

九平次たちに負わされた怪我で足を引きずる徳兵衛に、肩を貸して歩きながら、お初は思わずつぶやいた。

夜の闇は七墓巡りのときよりも一層濃く、塗り重ねた漆《うるし》の底を歩いているように感じる。その中で、不思議と、草も木も、螺鈿《らでん》のように、金色に縁取られて美しく見えるのだった。

蜆川はさやさやと清らな水の音を立て、その川面《かわも》には北斗と天の川が架かっている。

川を見おろし、空を見上げながら梅田橋を歩いていると、自分が地上で橋げたをきしませながら蜆川を渡っているのか、それとも天上で星々を足元に砕きながら天の川を渡っているのか、分からなくなるようだった。

橋を渡って振り返ると、色町の灯りがぼんやり見える。

それは、赤に、黄に、青に、色を変えながら瞬《またた》いていた。

川沿いのどこぞの廓の二階では、色恋の最中なのか、人声が高く聞こえてくる。

「久代屋の紅井、紙屋の雲井、京屋の初之丞《はつのじょう》、天王寺屋の高松、和泉屋《いずみや》の喜内、伏見屋の久米之介、住吉屋の初世、小倉屋の右京、拍屋の左保野、大和屋の市之丞《いちのじょう》、新屋の靫負《ゆぎえ》、丹波屋の瀬川、野間屋の春弥……」

そう並びたてているのは、新町の女郎で心中沙汰《しんじゅうざた》を起こした者の名前だった。彼女たちの死に様の、善《よ》し悪しを評価しているのであろう。

自分もついこのあいだまでそんな女郎たちの話を、同情と好奇で語り草にしていたのに、まさかその一人におのれがなろうとは……。そう考えると、お初は悲しいような、おかしいような気がするのだった。

さらに、二階から小唄が漏れ聞こえてくる。

「どうで女房にゃ持ちゃさんすまい、いらぬものぢゃと思へども……」

本当に、あの歌のように思い嘆《なげ》いてきた。

どうせ、女房にはしてくれないのだろう。

きっと、徳様もどこか身持ちのいい普通の女を娶《めと》って、平凡なでっぷりと太った商家の旦那になるのだろうと。

たくさんの子どもに取り囲まれて、時々酒と女ではめをはずして、若い頃にきまぐれに愛した岡場所の女郎のことなどすっかり忘れて……。

自分はどうなっただろうか。

かつての仲間たちのように、性病か、出産で命を落としただろうか、それとも、遣り手のおばさんかおかみさんのように廓のなかで生計を得る道を覚えただろうか、あるいはあの千日で見た老婆のように、人の欠片《かけら》でできた灰山の谷間で醜《みにく》く老残の身をさらすことになったのだろうか。

「どうしたことの縁ぢゃやら、忘るる暇はないわいな、それに振り捨て行かうとは、やりゃしませぬぞ手にかけて、殺しておいて行かんせな、放ちはやらじと泣きければ」

二階の小唄はいよいよ佳境に入っていく。

お初が思わずつぶやく。

「歌も世の中には多いというのに、よりによってこの夜に」

「歌ってるのは誰やろうな。昔の人も我々も、想いは一緒なのかもしれん」

やがて歌は終わり、入れ代わりに笑い声が降ってきた。

「夜が明けると困る。森へ急ごう」

笑い声のせいか、色町の明かりも目にうるさくなってきた。

人目を避けて、蜆川を離れ、遠回りになるが、以前、牛駆けを見に行った梅田堤に向かう。

歩いているうちに、かつて、九平次とお絹も一緒に訪ねた日のことを思い出した。

「そうやな。ようは、うちらの街の堀と石垣は死、色、そして嘘ちゅうことや」

九平次が何気なく言ったあの言葉。そういえば、七墓巡りも、大坂の外縁を死でなぞる巡礼だった。だとしたら、今、自分たちが歩んでいるこの道筋も、大坂という街の新しい輪郭を縁取る道行になるのだろうか。目の前に見える、ただただ草原と朽《く》ち果てた墓石しか見えぬ景色にも、新しい街が幻のように浮かびあがる未来が待っているのだろうか。

小夜鳥《さよどり》が、頭上を、行く手の天神の森に向かって飛んで行く。

明日になったら、自分たちの亡骸《なきがら》をついばんで、あの小鳥たちは腹を満たすことになるだろう。そのむごたらしさを思うと、お初は胸がつまった。

「まことに今年はあなたも二十五の厄年、うちも十九の厄の年。仕組んだような厄祟《やくだた》りも、縁の深さのしるしなんやろうか。神や仏にかけておいた、一緒になりたいという現世の願いを今ここで、未来へ回向《えこう》し、後の世もきっと一つの蓮の台に……」

どうぞ生まれ変わりますよう。

そう願いながら、お初は少し先を行く徳兵衛の背中に抱きついた。

「はよ行かんと」

しかし、お初は離れようとはしなかった。

「——ここでか？」

答えは体温で伝えたつもりだった。

心中の前、つがいの男女は必ず交情するという話を、何と浅ましいことと聞いていたが、どうやら自分もその習わしに従うようだった。体の芯が熱く燃え、秘所《ひしょ》が粗相《そそう》したように濡れてしまうのをどうしようもない。

深草にいたころ、突然足元にあらわれたムカデを夢中で踏みつけたところ、卵をおびただしく産んで死んだのを思い出した。

死を前にして、何としても子をなそうとするのは、虫も人も同じ、生命体として当たり前の生理なのかもしれない。

ゴザもなかったので、白無垢を隠すために羽織ってきた黒小袖を、堤の上に敷いて褥《しとね》（敷物）にした。

身を横たえたお初の襟元を、徳兵衛が割る。

乳房が勢いよくこぼれた。

月明かりの下でなおまぶしいその白さに、徳兵衛はたじろいだようだった。

「誰か見いひんやろうか」

いまだにそんなことを気にする徳兵衛がおかしく、可愛かった。

「こんなとこ、お月さんとお星さんくらいしか見るもんおらんえ」

月と星の光に濡れた躰《からだ》は、我ながら美しかった。お初は愛撫《あいぶ》を受けながら、自分の桜色の乳首を指で弾いた。

（どうや）

そう、月に星に、そして大坂の街に向かって吠えたかった。

（十五の年以来、数え切れんほどの男の手に触られて、こねくり回された体やけど、一つの染みもあらへん。大きいのや、小さいの、いろんなマラをくわえ込んだおそそも綺麗なもんやろ。子どもかてその気になったらいくらでも作れる。うちは若い、そして美しいんや）

「早う、早う」

ねだるお初に応《こた》えて、徳兵衛の肉具が、煮えくり返った秘所をつらぬいた。

嬌声《きょうせい》をあげながら、お初は徳兵衛の肩越しに、白く光る人魂がふわふわと、幾《いく》つも群れ飛ぶのを見た。

今晩死ぬのは自分たちだけと思ったが、先立つ人もいるのであろうか。

それとも、これまで大坂で生き死にしてきた無数の人々の命が、自分たちの最期を見届けようと舞い戻ってきたのだろうか。

「人魂……」

と出しそうになった声は、徳兵衛の動きに呑み込まれた。

徳兵衛はおのれの最後の花火を、壮《さか》んな、華やかなものにせんと必死のようだった。

その生真面目な顔を見ているうちに、お初の喜びも深くなった。

漏れる声が自然とぬかるみ、我ながらはしたなく思うほど高くなった。

死を前にして、性は何と甘美なのだろうか。

小さな、細切れの死が、お初を何度も何度も襲った。

目の端で人魂の光が赤くにじんだり、青くにじんだりする。

そのかそけき光のなかに、お初は大坂の街の、来《こ》し方《かた》と行く末のすべてを見るようだった。自分たちの生命ももうすぐあの赤や青となり、大坂の街のもっと大きな光の渦《うず》のなかににじみ溶けていく。

だとしたら、短い人生であったが、自分もまたこの街に何事かを残せたことになるのだろうか。

徳兵衛の動きが激しくなる。

お初の切なさも高まってきた。

体が徳兵衛の下で、どこまでも沈み、どこまでも開いた。

秘所はしとどに濡れて、徳兵衛の陽具をねぶり、さいなみ、もてあそんだ。

お初は気をやりそうになると、体臭が強くなる性質だったが、今晩はことのほかそうだった。はらわたを裏返したようなあまりに生々しい匂いに、

（人魂はんが落ちひんやろうか）

そうおかしくなった。

何かものを考えられたのはそのときまでで、あとは押し寄せてくる、悦《よろこ》びの波に抗するだけで精いっぱいになった。しかし、その抵抗もむなしく、やがて、お初の自我は引きさらわれ、千々《ちぢ》に砕けた。

自失する寸前、何か耳に聞こえてきたが、それは赤ん坊の泣き声のようだった。

十　曽根崎

東の空は、はや白みだしていたが、曽根崎の森は下界とは関係なく、影暗く、しんしんとしていた。人の営みから遠く隔《へだ》たれて、この森は太古《たいこ》の姿のまま、純潔のようだった。

「気いつけや」

地には、太々とした木の根が這《は》っている。お初は徳兵衛の腕にすがって歩いた。

死に場所を探しながら、あそこか、ここかと、下草を払って進んでいると、松と棕櫚《しゅろ》が絡み合って、一本の相生《あいおい》となった木を見つけた。

「頃合いの場所があった。露のようにはかない憂き身の置き所、さぁ、ここに決めてまおう」

徳兵衛が上衣の帯を解く。

お初も黒の小袖を脱いで、棕櫚の枝にかけた。そして、白無垢の袖から剃刀《かみそり》を取り出す。

「もしも、追っ手がかかったらと思い、剃刀を用意しとりました。別れ別れになっても、決して恋の浮名は捨てまいと。でも、望みの通り、一所でやっと死ねるんやね。うちうれしい」

お初の手のなかで、剃刀はにぶく光った。

「おお、健気《けなげ》、頼もしい」

徳兵衛ももう迷いはないようだった。

「それほど肝《きも》がすわっとるのなら、何も心配することはない。せやけど、今《いま》わの痛さ苦しさで、死に様が見苦しい言われるんはつらい。この二本の連理《れんり》（別の根から生え、一つにくっついた樹）の木に体をきっと結び付け、いさぎよう死のうやないか」

「はい」

お初は浅黄染《あさぎぞ》めの腰帯《こしおび》を剃刀でさらさら裂いた。

「帯は裂けても、お前様とうちの間はよう裂けまい」

そう言って座り込み、二人の体を木にしっかりと結わえ付けた。

「ようしまったか？」

「ええ、しまりました」

そうして、お互いに体を見合わせると、いよいよ運命も極まったと感じられ、涙がこみ上げてくる。

「あぁ、嘆《なげ》くまい」

そういう徳兵衛が泣いている。

お初は自分の悲しみより、徳兵衛が泣いていることのほうが悲しくて、

「泣かんで、泣かんで」

と、その胸にすがりついた。

徳兵衛はお初の頭をなでながら、

「俺は子どもの頃に、実の父母に死に別れ、叔父の親方の世話で人がましくなった。その恩も返さんうえに、今回の不始末。もったいない。どうぞ、罪をゆるしてくだされよ。冥途の父様、母様、今御身《おんみ》のもとへ参ります。迎えてくだされ」

お初も手をあわせた。

「それでも徳様はうらやましい。冥途の親御に会えるんやから。うちの父様、母様はまだ達者なんで、一体いつ会えることやら。便りはこの春来たけれど、最後に会うたん

は去年の初秋」

父も母も、在に帰ったお初を申し訳なさそうに迎えてくれた。

父などは、面目なかったのだろう。せっかく戻った娘の顔を最後までまともに見ようとはしなかった。

可哀想な、お父さん、お母さん。

子どもの頃に可愛がってくれたことは、しっかり覚えとります。

ただ貧乏で、弱かっただけなんよね。

借金に追い回されて、仕方なく娘を売ったんや。つらいことばかり多くて、幸不幸を秤《はかり》にかけたら損のほうが多い人生やったけど、あんたたちの子で生まれたことは、間違いなく幸せの一つやった。ありがとう、ごめんなさい。

可愛い、弟、妹よ。

お姉ちゃんらしいことをちぃともしてあげれんかったねぇ。それでも、在に帰ったときは、ちゃんとうちの顔を覚えて慕ってくれた。どうか、お姉ちゃんのできんかった分も、親孝行してやってね。

「あぁ、せめて心が通じたらなぁ。夢にでも現れてほしいもの。懐かしい母様。名残惜しいお父様……」

あとはもう声にならなかった。

しゃくりあげ、しゃくりあげして泣くと、徳兵衛もわっと叫んで泣き焦《こ》がれた。しかし、もう一番鶏《いちばんどり》が鳴きだした。朝の気配に掃《はら》われ、空の星も東のほうから、一つまた一つ消えていく。

「いつまで言うても仕方ない。はよう、はよう、殺して、殺して」

お初が励ますと、

「心得た」

徳兵衛はすらりと脇差《わきざし》を抜いた。

「さぁ、いよいよじゃぞ。南無阿弥陀仏、南無阿弥陀仏」

お初は徳兵衛の手を取ると、自分ののどに導いて、

「さぁ、早う」

しかし、

「長年抱いた、可愛い、愛しい肌や。あぁ、目が眩《くら》む。心が弱る」

震える腕に、刃はこっちへ反《そ》れ、あっちへ外れ、いたずらにお初の肌を傷つけるばかり。じれったくなったお初は徳兵衛の手をもう一度しっかり取り、

「えい」

と己が喉笛に突き立てた。

痛みは不思議となかった。ただ、自分の細胞が、血管が、神経が、引きちぎられる感触だけがあった。

息が漏れるヒューという音がし、続いてシューという血の噴きだす音がした。やがて二つは混ざり、ゴボゴボという音になって、鉄の匂いとともに喉にこみ上げた。

やっと苦しみが来た。

自分の血で溺《おぼ》れ、息ができない。視界もどんどん暗く狭くなる。徳兵衛の最後を見届

けられないのではと、それだけが気がかりだった。

「自分も遅れはせん。お初、見とれよ」

徳兵衛はお初の剃刀を取ると、柄《え》も折れよ、刃も砕けよとばかり、おのれの首に突き立てた。

お初は断末魔の痙攣のなか、最初の閨のことを思い出していた。あのときも、徳兵衛のお尻を叩いて、ずいぶん励ましたものだった。そのときのように、気の弱い、優しい徳兵衛に手を貸せるものなら、貸してやりたかった。

（ここが正念場、お気張りなされ）

徳兵衛は突き立てた剃刀を必死でくじっている。三味線の弦を切るように、ぷつぷつと血管が、神経が断たれる音がする。流れ出る血が、徳兵衛の足元に血だまりを作り、お初まで濡らす勢いだった。

だが、それでも、なかなか死ねない。

徳兵衛は喉をかきむしり、のたうち回った。彼の若さと迫りくる死の争いが、その自我を散々に踏みにじり、責め、苛《さいな》んだ。

しかし、最後は死が勝った。

ガクッと首が折れる。弾みでお初のほうを向いたその目から、光が急速に失われていく。やがて末期《まつご》の息が漏れた。もう苦しみはないようだった。

(ようできましたな)

お初は徳兵衛に微笑みかけようとしたが、それも十分できぬまま、ふっと何もかもが白く静かになった。

やがて日が昇り、小夜ガラスが二羽、二人の体の側に降り立った。烏はしばらく、二人のまわりを用心深くうろついていたが、そのうちに恋人たちの体をついばみはじめた。

蜆川を行く船頭の小唄が聞こえる。

大八車のガラガラいう音が、商人がちんちん秤《はかり》を叩く音が、米市場の喧騒が、色町の弦歌、三味線、謡《うたい》の音が、聞こえてくる。

今日もまた、大坂の街の一日が始まった。

参考文献

『日本古典文学全集〈43〉近松門左衛門集』（小学館）
『現代語訳　曾根崎心中』（近松門左衛門、高野正巳、宇野信夫、田中澄江、飯沢匡著、河出文庫）
『週刊誌記者　近松門左衛門　最新現代語訳で読む「曽根崎心中」「女殺油地獄」』（小野幸惠著、文藝春秋）
『心中への招待状――華麗なる恋愛死の世界』（小林恭二、文藝春秋）
『近世風俗志――守貞謾稿』（喜田川守貞著、岩波文庫）
『凹凸を楽しむ　大阪「高低差」地形散歩』（新之介著、洋泉社）
『大阪まち物語』（なにわ物語研究会著、創元社）
『大阪暮らしむかし案内　江戸時代編　絵解き井原西鶴』（本渡章著、創元社）
『大阪名所むかし案内　絵とき「摂津名所図会」』（本渡章著、創元社）
『三大遊郭　江戸吉原・京都島原・大坂新町』（堀江宏樹著、幻冬舎）
『遊女の文化史――ハレの女たち』（佐伯順子著、中央公論新社）

『廓の媚学』（菊地ひと美著、講談社）
『江戸の色町　遊女と吉原の歴史』（安藤優一郎著、カンゼン）
『大阪アースダイバー』（中沢新一著、講談社）

小説で楽しむ戯曲　シリーズについて

「物語」と聞くと、多くの人は紙に印刷されたものを思い浮かべることでしょう。ですが、物語はおそらく印刷技術が誕生するはるか昔、人間が言葉を使うようになったときには、すでに紡がれていました。自らの経験や感情を一対多の口伝えで、あるいは多対多のパフォーマンスによって伝えてきたのです。やがて文字が生まれると前者は民話や詩、そして小説として、後者は戯曲として書き残され、さらには印刷技術の助けを得て、その優れたものは時を超えて現代まで生き残ります。

しかし、文字に起こした物語がそのまま聞くように読めるのに対して、戯曲はあくまでも台本。演者を通して伝えることを前提とした形式であり、劇になってはじめて命が吹き込まれます。どれほどすぐれた戯曲であっても、現代語に訳されていても、その形のままでは、建築物の完成形を設計図から空想しろと言っているようなものなのです。

もちろんその空想の余地というものには他にはない大きな魅力があり、演出家や役者というのはその虜《とりこ》になった人たちだと言えます。その完成形には圧倒的な力があり、観る者の心を震わせます。ただ、近代以降であれば映画やテレビといった媒体もありますが、いずれにしても観るという行為は、演者と同じ時間と空間を共有する必要があります。シェイクスピア、チェーホフ、近松門左衛門。どの作家の作品も永く愛されてきた理由があるすばらしい物語なのに、戯曲であるため、観る人だけのものになってしまっています。実にもったいないではありませんか。

そこで生まれたのが、演出家の代わりを小説家が担ってはどうかというアイデアです。現代の言葉を使い、紙の上で登場人物を動かし、また、情景や空気感を描く、つまり小説という形式を借りることで、戯曲という形式では届かなかったところへも、その感動を運ぼうというわけです。小説家の想像力により、登場人物は物語の中で生き生きと甦り、色を放つことでしょう。

この「小説で読む名作戯曲シリーズ」をぜひ多くの人に読んでいただき、それぞれの時代性や独創性、そこに横たわる人類普遍の真理に触れ、泣き、笑い、憤り、怯え、感情を揺らし、生きていることの喜びを実感してもらいたいと願っています。

企画　アップルシード・エージェンシー　鬼塚忠

小説で読む名作戯曲
シリーズ好評既刊

桜の園

チェーホフ原作　本間文子

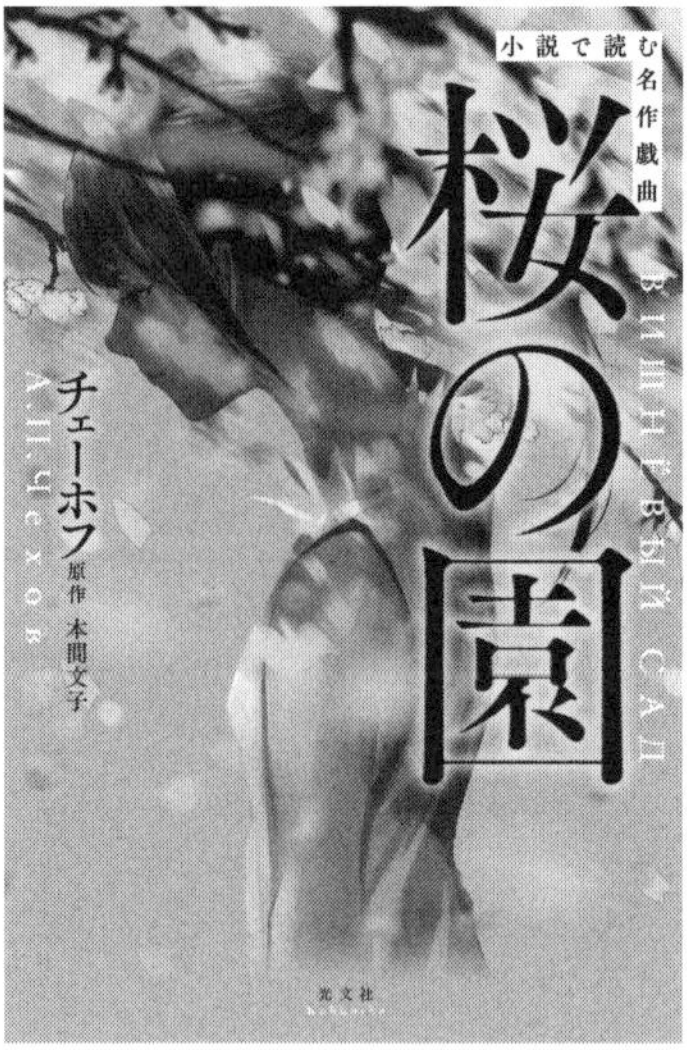

〝高貴な俗物〟と〝正義の成り上がり〟による、人生を賭けた愛憎劇。
著名なロシア文学のひとつである『桜の園』から、新たな物語が浮かび上がる！
ラネーフスカヤの夫はシャンパンの飲み過ぎで他界、息子は溺死、領地は競売にかけられる――。破産寸前の地主貴族の一家が踏み出す、新しい人生とは!?
貴族と労働者の階級差、そして新しい時代の幕開けを描くロシアの不朽の名作を、やさしい小説で味わう。

原作：近松門左衛門（ちかまつ　もんざえもん）

［1653 ～ 1724］江戸時代の浄瑠璃・歌舞伎の作者。武士や貴族を描いた「時代物」と町人たちの生活を描いた「世話物」があり、合わせて100以上の人形浄瑠璃を残した。中でも『曽根崎心中』は近松の世話物の代表作である。文楽として現代でも繰り返し上演され、歌舞伎の演目としても愛され続けている。享年72。

黒澤はゆま（くろさわ　はゆま）

歴史小説家。1979年、宮崎県生まれ。著書に『劉邦の宦官』（双葉社）、『九度山秘録』（河出書房新社）、『なぜ闘う男は少年が好きなのか』（KKベストセラーズ）、『戦国、まずい飯！』（集英社インターナショナル）がある。好きなものは酒と猫。作家エージェント、アップルシード・エージェンシー所属。

小説《しょうせつ》で読《よ》む名作戯曲《めいさくぎきょく》　曽根崎心中《そねざきしんじゅう》

2020年6月30日　初版1刷発行

著者　黒澤《くろさわ》はゆま
原作　近松門左衛門《ちかまつもんざえもん》
ブックデザイン　原田恵都子（Harada＋Harada）
著者エージェント　アップルシード・エージェンシー
発行者　田邉浩司
発行所　株式会社 光文社
〒112-8011　東京都文京区音羽1-16-6
電話　編集部 03-5395-8172　書籍販売部 03-5395-8116　業務部 03-5395-8125
メール　non@kobunsha.com
落丁本・乱丁本は業務部へご連絡くだされば、お取り替えいたします。
組版　堀内印刷
印刷所　堀内印刷
製本所　国宝社

ISBN978-4-334-95178-8　Printed in Japan